Evidências de uma traição

TAYLOR JENKINS REID

Evidências de uma traição

Tradução
ALEXANDRE BOIDE

Copyright © 2018 by Rabbit Reid, Inc.
Copyright do excerto de *Carrie Soto está de volta* © 2022 by Rabbit Reid, Inc.
Publicado nos Estados Unidos pela Ballantine Books, selo da Random House, uma divisão da Penguin Random House LLC, Nova York.

A Editora Paralela é uma divisão da Editora Schwarcz S.A.

Grafia atualizada segundo o Acordo Ortográfico da Língua Portuguesa de 1990, que entrou em vigor no Brasil em 2009.

Título original
Evidence of the Affair

Capa
Joana Figueiredo

Foto de capa
Connie Gabbert

Preparação
Antonio Castro

Revisão
Gabriele Fernandes
Natália Mori

Dados Internacionais de Catalogação na Publicação (CIP)
(Câmara Brasileira do Livro, SP, Brasil)

Reid, Taylor Jenkins
    Evidências de uma traição / Taylor Jenkins Reid;
tradução Alexandre Boide. — 1ª ed. — São Paulo :
Paralela, 2023.

    Título original: Evidence of the Affair.
    ISBN 978-85-8439-358-9

    1. Ficção norte-americana i. Título.

23-166079   CDD-813

Índice para catálogo sistemático:
1. Ficção : Literatura norte-americana   813

Tábata Alves da Silva – Bibliotecária – CRB-8/9253

Todos os direitos desta edição reservados à
EDITORA SCHWARCZ S.A.
Rua Bandeira Paulista, 702, cj. 32
04532-002 — São Paulo — SP
Telefone: (11) 3707-3500
www.editoraparalela.com.br
atendimentoaoleitor@editoraparalela.com.br
facebook.com/editoraparalela
instagram.com/editoraparalela
twitter.com/editoraparalela

Sumário

Prefácio, Pam Gonçalves 7

EVIDÊNCIAS DE UMA TRAIÇÃO 13

Conheça também: Carrie Soto está de volta.... 129

Sobre a autora 159

Prefácio

Pam Gonçalves

Taylor Jenkins Reid é um fenômeno.

Meu primeiro contato com ela foi lendo *Daisy Jones & The Six* em 2019 e, é claro, tive a experiência pela qual todo leitor vai passar: procurei Daisy Jones no Spotify logo depois de chorar copiosamente com as últimas páginas do livro. Na época me perguntei como essa autora, que eu tinha acabado de conhecer, conseguiu criar um livro tão imersivo a ponto de enganar a minha mente, me fazendo cogitar a existência de seus personagens fictícios. Era a justificativa mais do que necessária para que eu lesse tudo que ela escreveu. Desde então, fico ansiosa por todos os seus lançamentos.

Se você está lendo uma história da Taylor pela primeira vez, saiba que é um caminho sem volta.

A novela que você está prestes a ler é como molhar os pés em um mar do qual você nunca mais vai querer sair, torcendo para que o verão dure para sempre e que as ondas fiquem cada vez mais emocionantes. Se você já sabe do que estou falando, essa experiência de leitura vai dar um quentinho no coração e um brilho de reconhecimento com algumas menções de histórias que a gente já ama.

Em *Evidências de uma traição* você vai conhecer uma narrativa simples, mas memorável. Com o plano de fundo dos anos 70, onde ainda não existia a instantaneidade de prints de conversas encaminhados pelo celular, vemos o desenrolar de uma situação inusitada: uma mulher envia uma carta para um homem desconhecido para avisá-lo de que provavelmente estava sendo traído e, surpresa ainda maior, ele responde. Depois disso, começamos a espiar a correspondência dessas pessoas como grandes fofoqueiros.

Eu adoro histórias narradas através de cartas, pois a escolha de cada palavra é ainda mais importante para a narrativa. Nesses papéis que viajam por aí não é permitido nenhum pensamento que o remetente não queira que a outra pessoa saiba. É um misto de manipulação e pura honestidade. Assim, nós, leitores, temos uma visão muito parecida com o destinatário. Somos convidados a interpretar literalmente cada palavra ou imaginar o que as entrelinhas podem nos dizer como se fosse um grande mistério a ser resolvido.

Além de analisar as frases escolhidas em busca de sentimentos não ditos, eu observei as datas entre as correspondências e me peguei pensando na espera da resposta. Você consegue imaginar essa realidade? Esperar dias ou semanas para receber uma resposta que talvez nunca chegue? Sem saber se em algum momento a pessoa sequer leu! Será que a carta realmente chegou? Foi comida pelo cachorro? Entregue para outra pessoa? Foi destruída depois de uma chuva torrencial que deixou todas as palavras borradas e ilegíveis? Ou descartada sem ler porque não se reconheceu o remetente? Ou, quem sabe, interceptada por um fofoqueiro de plantão? De alguma forma isso me parece libertador e ao mesmo tempo insuportável. Hoje bastam segundos para mandar uma mensagem e receber a confirmação de leitura, e sofremos de ansiedade por uma resposta que ainda não chegou depois de alguns minutos.

Cada época tem suas próprias características, e toda geração que vem depois se pergunta se as facilidades tecnológicas realmente nos ajudaram ou se criaram novas formas de sofrimento. Viver essas realidades através de livros nos convida a pensar em diversos *e se?* – e se forem escritas pela Taylor, temos ainda mais um tempero de emoção.

Apesar de sempre associarmos a Taylor Jenkins Reid às suas obras mais lidas envolvendo a fama, existe algo em comum em todas as suas histórias desde o começo: mulheres que precisam tomar o controle da própria vida. Exploramos seus desejos, sonhos, medos, amores e narrativas. Em *Evidências de uma traição* isso não é diferente. A história se desenrola entre relatos cheios de dor, dúvida e... esperança. Você com certeza já leu muitas histórias sobre traição, é um tema comum das obras de ficção, mas a visão que a Taylor dá para um momento de fragilidade como esse é única e emocionante.

Seus personagens não são mocinhos e mocinhas, e isso nos aproxima ainda mais da narrativa. Quando vemos um deles tomando atitudes que desafiam a moral, não os taxamos imediatamente de vilões (com exceção de Mick Riva, esse vai ser sempre odiado). Taylor faz questão de expor pelo menos uma parte do que não estamos vendo sobre seus personagens para mostrar que ninguém é cem por cento ruim ou cem por cento bom. As pessoas erram, são injustiçadas, triunfam, são felizes, tristes e orgulhosas. Podem se arrepender ou não. São humanas. É isso que deixa tudo tão verdadeiro.

A partir de agora você vai ser transportado para a realidade de duas pessoas que se dão conta de que seu casamento de anos não é perfeito, e vai descobrir, a cada nova carta, que as pessoas se revelam em camadas e que muitas vezes essa viagem de descoberta não permite um retorno sem deixar marcas.

Espero que tenha uma ótima leitura!

10 de dezembro de 1976
Encino, Califórnia

Caro sr. David Mayer,

Meu nome é Carrie Allsop. Por favor, me desculpe pelo contato inesperado. Estou escrevendo para pedir um favor um tanto estranho.

Descobri há pouco tempo algumas cartas de amor na maleta do meu marido que acredito serem da sua esposa, Janet. Desconfio que meu marido, Ken Allsop, a tenha conhecido em uma conferência médica em Coronado, três meses atrás. Ao que parece, eles vêm tendo um caso desde então. Cheguei a essa conclusão porque as cartas da sua mulher para ele contêm referências a um relacionamento sexual.

Sinto muito, David. Não sei como é seu casamento, e obviamente nem sequer te conheço. Mas, se isso causar algum sofrimento a você, lamento ser a responsável por dar a notícia.

Também peço desculpas por revelar isso quando talvez você preferisse não ficar sabendo. Para mim, é uma situação inacreditável. Tomei a melhor decisão de que me considero capaz.

E isso me leva ao favor que mencionei antes.

Assim como o meu marido tem cartas da sua mulher, acredito que ela deva ter cartas dele. Enquanto tento decidir o que fazer a respeito da traição de Ken, estou desesperada para entender por que ele fez isso. Então, se você encontrar na sua casa alguma carta do dr. Kenneth Allsop, de Encino, Califórnia, ou de seu consultório no Centro Dermatológico de Los Angeles, eu agradeceria se me mandasse uma cópia. Por favor, não tenha medo de que as cartas possam ser interceptadas. Sou eu que cuido da correspondência aqui em casa.

Não incluí no envelope as cartas da sua mulher, porque isso me pareceu cruel. Mas, se quiser vê-las, posso te fazer o mesmo favor que estou pedindo, claro.

Para encerrar, sei que apareci de repente sem oferecer nada além de más notícias, mas saiba que o meu coração está com você, David. Apesar de não nos conhecermos.

Cordialmente,
Carrie Allsop

20 de janeiro de 1977
Encino, Califórnia

Caro sr. David Mayer,

Preciso me desculpar pela minha carta anterior. Eu a enviei num impulso de emotividade e — considerando que não obtive resposta — receio que tenha tomado a decisão errada.

Por favor, aceite meu pedido de desculpas. Não foi minha intenção atrapalhar sua vida de forma alguma.

Cordialmente,
Carrie Allsop

2 de fevereiro de 1977
Carlsbad, Califórnia

Prezada Carrie,

Por favor, não precisa se desculpar.

Sua carta me pegou de surpresa. Não escrevi de volta porque a princípio fiquei rezando para que você estivesse errada.

Apesar de ter procurado pelas cartas do seu marido, não encontrei nada. Revirei a mesa de cabeceira e o carro da minha mulher, além da caixa de joias e do fundo das gavetas da cômoda. Fucei até nas decorações do chanuca. Nem uma carta sequer. Imaginei que pudesse haver várias Janet Meyers na região de San Diego, e que deveria ser alguma delas.

Foi só alguns dias atrás que descobri que você estava certa, no fim das contas.

Eu estava na sala de estar aqui de casa com Janet e nossos quatro meninos vendo TV quando o telefone tocou. Janet atendeu, e percebi que ela preferiu ir falar na extensão que fica no quarto.

Não pretendia espionar, mas foi exatamente o que fiz.

Eu a ouvi cochichando alguma coisa com alguém. E escutei muito bem quando ela disse: "Vejo você em breve, Ken".

Voltei correndo para a sala e fingi que não tinha ouvido nada.

Quando ela apareceu, perguntei "Quem era?", e Janet disse que era Tricia Mason, uma vizinha que mora a duas casas da nossa.

Foi então que ficou claro para mim que ela estava me traindo.

Mas fiquei surpreso ao me dar conta de que meu instinto me disse para fingir que nada estava acontecendo. Imediatamente decidi esconder o que sabia. Por que fiz isso? Por que não tirei tudo a limpo? Não sei ao certo. Mas saber que você está fazendo a mesma coisa de certa forma me consola.

Como você consegue esconder isso sem deixar transparecer?

Quando recebi sua carta, fiz um esforço gigantesco para me convencer de que você era louca, porque descobrir que a minha mulher estava me traindo era uma ideia insuportável para mim. Mas, se estou te escrevendo agora, acho que é porque já estou suportando.

Você não é louca, não está enganada e, neste momento, talvez seja a única pessoa que está me dizendo a verdade.

Eu não tenho cartas do seu marido para mandar. Se encontrar alguma, prometo enviá-la para você. Mas, enquanto isso, poderia me mandar as cartas da minha mulher? Como você, preciso saber o que anda acontecendo na minha casa.

Eu lamento por tudo o que você está passando. É verdade que nós não nos conhecemos, mas agora você parece ser a única pessoa que me entende.

Ao seu dispor,
David Mayer

9 de fevereiro de 1977
Encino, Califórnia

Caro David,

Lamento saber que estou certa sobre a sua mulher. Eu também tinha um pouco de esperança de que pudesse haver um mal-entendido que explicasse as atitudes do meu marido. É engraçado o que a cabeça inventa para tentar nos poupar da verdade.

Cheguei a cogitar a possibilidade de que Ken estivesse escrevendo um roteiro de cinema e que as cartas fossem só material de pesquisa. Não é maluquice? Você não conhece o meu marido, mas eu garanto que aquele homem não é nada criativo. Quando me casei, minha mãe me disse que eu estava me comprometendo com "uma vida sem graça e tediosa".

Para ser sincera, essa é uma das coisas que sempre amei nele. Ken era uma escolha segura. Com ele, não havia surpresas, ou pelo menos era o que eu pensava. É um homem metódico e lógico e responsável. Ora, estamos falando de um dermatologista que come sanduíche de peru todos os dias no almoço e só escuta álbuns antigos de Simon & Garfunkel e Mick Riva. Uma vez coloquei um disco do David Bowie, e ele falou que parecia que estava ouvindo "um balaio de gatos gritando por mais drogas". Enfim, meu ponto é que não fazia o menor sentido pensar que Ken pudesse estar escrevendo um roteiro de cinema.

Era mais fácil considerar a hipótese de que meu marido pudesse mudar de personalidade do dia para a noite do que acreditar que ele me trairia. Mas ele continua sendo o mesmo Ken que sempre conheci e amei, e ainda come sanduíche de peru todos os dias. A diferença é que ele é capaz de fazer coisas que eu jamais imaginaria.

Tenho seis cartas da sua mulher para o meu marido. Coloquei as cópias dentro do envelope.

Ken guarda as cartas no compartimento mais escondido da maleta. Todo dia de manhã, quando ele está no banho, eu dou uma olhada nesse bolso. Pela curiosidade, fico quase contente quando encontro uma. Sempre quero saber mais.

Só que sempre fico arrasada depois de ler.

Ao que parece eu gosto de sofrer.

David, se quiser conversar depois de ler tudo, saiba que estou aqui. Eu queria ter tido alguém para isso depois que li. Você é a única pessoa para quem falei sobre essa história toda. Tenho vergonha demais de me abrir com algum conhecido. Em vez disso, sigo minha rotina — supermercado, salão de beleza, baralho com as amigas, jantares — como se nada estivesse acontecendo.

Você me perguntou como eu conseguia esconder tudo isso. Não sei. Acho que para mim é fácil agir como se nada estivesse acontecendo mesmo depois que tudo mudou.

Nas noites em que Ken está em casa, faço um bom jantar e depois desapareço atrás de um livro. Sugiro programas que não exijam muita conversa, como ir ao cinema ou sair para jantar com outro casal.

Estou torcendo para que essa coisa toda acabe sem que eu precise fazer nada.

Será que estou enfiando a cabeça na areia para me esconder? Não sei. Talvez esteja mesmo, neste momento. Mas Ken e eu temos uma vida que funciona bem para nós dois, apesar de todas as imperfeições. E acho que ele vai se lembrar disso em breve, e então tudo pode voltar ao normal.

Eu espero que o mesmo aconteça com você, David. Espero que aconteça para nós dois, de todo o coração.

Cordialmente,
Carrie

6 de setembro de 1976
Carlsbad, Califórnia

Querido Ken,

Eu achei que você tinha ficado louco quando me pediu para te escrever no momento em que eu estava indo embora na semana passada — como se estivéssemos cogitando a ideia de manter um caso secreto a longo prazo!

Não estou dizendo que não gostei do tempo que passamos juntos. Você sabe que sim. Acho que isso ficou bem claro! Mas achei que era melhor encerrar tudo por ali mesmo.

Só que agora não consigo parar de pensar em você!

Não consigo parar de pensar em como me senti naquele quarto com você. Sinto como se tudo fosse sexy para mim agora. É como se fosse tudo novidade.

Quatro filhos, uma casa de pernas para o ar e as mil coisas que uma mulher precisa fazer se tornaram um peso nas minhas costas. E agora estou me sentindo mais leve.

Tudo graças a você.

Acho que essa é a minha forma de te agradecer pelo tempo que passamos juntos.

Pelo jeito eu estava precisando disso. Sei que deveria estar me sentindo péssima. E acho que estou. Mas obrigada mesmo assim, Ken.

Beijos,
Janet

17 de setembro de 1976
Carlsbad, Califórnia

Ken,

Para de graça! Eu expliquei que escrevi só para te agradecer e mais nada. Não insinuei que a gente deveria se encontrar de novo. Você não tem jeito mesmo!

E você me perguntou coisas muito pessoais sobre David e eu. Não posso contá-las a você! Mas acho que o que você quer mesmo saber é se com ele é como foi com você naquela noite no Del.

A resposta é não.

Você acendeu uma coisa dentro de mim que eu não conhecia. Uma coisa que eu nem sabia que queria.

Só o fato de estar escrevendo isso agora, confessando isso para você, já mexe comigo.

Beijos,
Janet

30 de setembro de 1976
Carlsbad, Califórnia

Ken,

Eu não acredito que você me ligou! Não sei nem como descobriu o meu número. Mas o meu coração disparou quando percebi que era você. Só de ouvir a sua voz de novo na cozinha da minha casa meu ânimo já mudou.

O que é essa coisa que entra na minha cabeça e não quer mais sair? Consigo sentir suas mãos em mim mesmo você estando a quilômetros de distância, mesmo só tendo sentido seu toque naquela única noite. Você fez coisas comigo que ninguém tinha feito antes. Coisas que preciso sentir de novo.

Acho que essa é a minha forma de dizer sim. Vou arrumar um jeito de voltar ao Hotel del Coronado — só me diga quando.

Beijos,
Janet

20 de novembro de 1976
Carlsbad, Califórnia

K,

Que conversa é essa? Eu não posso largar o meu marido, e você não pode simplesmente abandonar a sua mulher, e acho que se a gente continuar com isso, todo mundo vai sair machucado.

Uma coisa é fazer isso uma vez ou duas (ou quatro em uma noite!). Mas agora estou sentindo que a coisa está saindo de controle. Eu não posso continuar fingindo ter amigos fora da cidade ou uma consulta médica a uma hora de distância de casa.

Precisamos acabar com isso, você não acha? Temos que esquecer um do outro.

Não é?

Com amor,
Janet

14 de dezembro de 1976
Carlsbad, Califórnia

K,

Você é a primeira coisa em que penso quando acordo e meu último pensamento antes de dormir. Estou tendo dificuldade até de beijar o meu marido agora. Outro dia, ele chegou perto de mim e estremeci sem querer. Não é que não goste dele, é que meu coração não está aqui.

Meu coração está com você, Ken. Meu corpo é seu.

Estou pensando em um plano para que a gente possa passar mais tempo juntos. Não só uma tarde ou uma noite, mas um bom tempo mesmo.

Você teria como fazer isso em meados de janeiro?

Todo ano, minha sogra vem passar um tempo com os meninos para que eu possa sair com as minhas amigas. Ela vai ficar aqui do dia 14 de janeiro até o dia 17. E se eu disser que vou viajar com elas, e, em vez disso, a gente se encontrasse em algum lugar, você teria como ir?

Beijos,
Janet

P.S. Eu ouvi Simon & Garfunkel outro dia no banco e lembrei de você dançando de roupão. Comecei a dar risada no meio da fila. Meus filhos acharam que eu estava louca. Você me deixa meio louca mesmo, acho.

18 de janeiro de 1977
Carlsbad, Califórnia

K,

Estou me apaixonando por você. Deveria ter dito isso ontem, quando você me falou, mas fiquei com medo do que poderia significar para a minha vida, para a minha família. Mas é verdade. Claro que é.

Eu amo o cheiro da sua loção de barba. Amo essa necessidade que você parece ter de mim, esse seu jeito de quem às vezes parece que vai morrer se não estiver me abraçando. Amo que você sempre pede os seus hambúrgueres com o queijo à parte. Nunca vi isso antes!

Os últimos dias foram repletos de momentos marcantes que me fizeram me apaixonar cada vez mais por você.

Eu amei ficar deitada de roupão na cama, comendo torradas. Amei ler o jornal com você na varanda. Amei o jeito como você me fez sentir linda parada na sua frente com um vestido velho e um par de botas gastas, coisas que já tenho há anos.

Doeu demais ter ido embora e deixado você lá. Eu não queria voltar para casa. Amo ser a mulher que sou quando estou com você. Parece que tudo no mundo se torna empolgante, e tudo fica fácil e divertido.

Com você, tudo é possível. Em casa, estou sempre pensando nos meus filhos ou preocupada com dinheiro ou o que os meus sogros vão achar. Tenho tantas coisas para fazer durante o dia, e nenhuma delas é por mim, nem é o que eu quero fazer. Mas agora, quando faço tudo isso, penso em você. Penso na mulher que sou quando estou sozinha com você. Com você, eu me divirto. Eu faço o que quero. Eu me sinto viva quando estamos juntos, sem preocupações.

Só existe você para mim.

É como se antes eu estivesse vivendo dentro de uma concha e você chegou e abriu e tudo se revelou. Eu me sinto renovada.

E eu te amo por isso. E quero que você saiba.

Beijos,
Janet

15 de fevereiro de 1977
Carlsbad, Califórnia

Prezada Carrie,

Obrigado por me mandar essas cartas. O conflito que você sentiu entre enviá-las ou não pelo jeito foi o mesmo que senti ao ler. Teria preferido não ler, mas sei que precisava.

Sinto uma fúria infinita ao pensar nela compartilhando tudo isso com o seu marido. Quando penso nos dois juntos em um quarto de hotel, sinto uma coisa queimar com tanta força dentro de mim que parece que vou desmoronar.

Ontem, no Dia dos Namorados, Janet foi atender a uma ligação lá no quarto. Fingi que não percebi o que ela estava fazendo. Mas, antes mesmo que voltasse, fiquei tão irritado que abri um buraco na porta da despensa com um murro e fingi que tinha sido sem querer. Você não me conhece, mas a questão é que nunca esmurrei nada na minha vida. Nem sequer mato aranhas, na verdade as coloco em um pote e levo para fora. Por favor, não conte isso para Janet. Não que você faria isso. Acho que esse é o meu grande segredo, não? Não sou o homem que finjo ser, e ela com certeza não é a mulher que eu pensava que fosse.

Eu sou um fraco por ainda não ter colocado tudo em pratos limpos? Sinto medo de acabarmos falando certas coisas e nunca mais poder voltar atrás. Sinto medo pelos nossos filhos. Não quero ser um daqueles pais que moram em um apartamento de solteiro. Ela vai ficar com os meninos. E se ela se mudar com os meus filhos para Los Angeles para ficar com o seu marido?

Mas também não sei quanto tempo vou conseguir continuar assim, vivendo uma mentira ao lado dela. Por quanto tempo eu ainda consigo esconder tudo isso dentro de mim?

Me diga como você convive com essa situação, como passa seus dias. Eu não consigo encarar isso sozinho. Acho que não consigo sobreviver a essa situação. Por favor, Carrie, me diga como.

Ao seu dispor,
David

16 de fevereiro de 1977
Carlsbad, Califórnia

Prezada Carrie,

Peço desculpas pela minha última carta. Eu estava enlouquecendo. Sei que você não tem como me ajudar com isso. Tenho certeza de que pareci um louco.

Me desculpe por ter escrito para você em um momento de desespero.

Ao seu dispor,
David

22 de fevereiro de 1977
Encino, Califórnia

Caro David,

Você não tem por que se desculpar. Estou sempre disposta a escutar. E suas cartas me consolam. Podemos considerar que é uma via de mão dupla.

Não acho que você seja fraco por não colocar tudo em pratos limpos. Como você sabe, eu decidi não ter essa conversa com o meu marido por enquanto. Acredito que ainda existe a chance de tudo se resolver sozinho, e em pouco tempo. Se isso acontecer, acho que vamos ficar contentes por não termos interferido.

Mas, mesmo que eu não achasse isso, a verdade é que ainda não sei se conseguiria confrontar Ken agora. Em geral, prefiro não discutir nada com ele até ter certeza absoluta do que estou sentindo. Ken tem a mania irritante de ganhar todas as discussões comigo. Ele é muito inteligente e muito persuasivo, e eu muitas vezes acabo esquecendo por que estava brava enquanto discutimos. Então, não importa como a coisa termine, só vou falar com ele ou com qualquer outra pessoa sobre tudo isso quando souber exatamente o que quero dizer.

O que é complicado. Claro.

Minha situação é diferente da sua. Eu não tenho filhos. (Nós tentamos por anos, mas até hoje nunca consegui engravidar.) Então acho que os meus medos são diferentes.

Faz quase dez anos que me casei com Ken. Não consigo imaginar a vida sem ele. Não saberia nem por onde começar. Tenho medo de ficar sem chão, longe de tudo que me é familiar.

Sinto que não posso contar isso para nenhuma pessoa porque, se eu não quero me separar dele, então ninguém pode saber.

O que estou dizendo é que estou sozinha nessa, David.

A não ser você. Você é a única pessoa que entende exatamente o que estou passando. E espero que se sinta assim também. Nós não estamos sozinhos. Pelo menos temos um ao outro. Não é o melhor prêmio de consolação, mas eu aceito, se você aceitar também.

Sobre a sua pergunta, é assim que passo meus dias: em todos os momentos em que estou sozinha, me pergunto qual é o futuro que eu quero. Em vez de pensar no que aconteceu, penso no que pode me fazer feliz um dia, de preferência em breve.

Por exemplo, ainda estamos tentando ter um bebê. Cada mês que passa parece uma nova oportunidade, pelo menos um novo começo. Essas tentativas não estão sendo fáceis, ainda mais agora. Ultimamente é quase como se eu tivesse virado uma versão diferente de mim mesma para manter vivo o entusiasmo por nós dois. Mas faço isso porque ainda acredito no futuro que desejo: uma família com o homem que escolhi.

Estou tentando pensar em tempos melhores, mais para a frente — não tanto no passado ou no presente, mas em um futuro mais alegre.

Talvez isso possa ajudar você também.

Tudo de bom,
Carrie

26 de fevereiro de 1977
Carlsbad, Califórnia

Prezada Carrie,

Seu conselho foi muito útil. Ontem à noite no jantar, enquanto Janet colocava as travessas com a vagem e a carne assada na mesa, fiquei olhando para ela, absolutamente intrigado. Como ela é capaz de ser duas pessoas ao mesmo tempo? Me dói imaginar o que mais ela pode fazer. Devo ter passado um tempão olhando para ela desse jeito, porque ela estalou os dedos na frente dos meus olhos e disse: "David! Me passa o sal, por favor".

Olhei para os meus filhos, que ficaram me encarando como se eu fosse um extraterrestre. Então decidi pensar em outras coisas, como você falou.

Pensei que daqui a cinco anos meu filho mais velho, Michael, vai se formar no colégio. Imaginei Janet comigo na formatura com nossos três meninos mais novos, Sam, Andy e Brian. Pensei em nós cinco aplaudindo quando Michael receber o diploma. E me imaginei olhando para Janet e não sentindo nada além de confiança e felicidade.

Não sei nem se esse futuro ainda é possível. Mas preciso torcer para que seja, porque o outro futuro, em que estou sentado algumas fileiras atrás da minha família e tem outro homem ocupando meu lugar... Isso eu não consigo suportar.

Então, por enquanto, vou continuar pensando nesse futuro melhor, até decidir o que fazer.

Obrigado por estender a mão para mim. Conheço você apenas por meio dessas palavras escritas no papel, e mesmo assim é como se fosse minha melhor amiga.

Me conte mais sobre você, sobre a sua vida. Eu adoraria ouvir o que quiser contar.

Ao seu dispor,
David

4 de março de 1977
Encino, Califórnia

David,

Você já sentiu que sua vida passou sem que você se desse conta?

Ultimamente ando sentindo aquela sensação de quem olha no relógio em um sábado, percebe que são quatro e meia da tarde e se dá conta de que não fez nada o dia todo.

Só não sei como vim parar aqui.

Eu tinha dezenove anos quando conheci Ken. Tinha acabado de começar o segundo ano na Universidade de Boston. Estava estudando para ser professora. Para ser sincera, não sei nem por quê. Acho que era porque todo mundo estava fazendo o mesmo.

Conheci Ken em uma festa de uma amiga de faculdade. Ele estava terminando o último ano de medicina. Me chamou para sair propondo uma visita a uma exposição no Museu Isabella Stewart Gardner, e eu aceitei. Não lembro qual era a exposição, mas sei que já tinha ido algumas semanas antes e fingi que não conhecia. É interessante, o tipo de coisa que fica na memória.

Enfim, não demorei a me apaixonar por Ken. Ele era tão confiante. Eu sentia que não sabia quem era na época, e ele parecia ter tanta certeza. Nós nos casamos em Boston quando eu tinha vinte e um anos. E, acho que já contei isso, os meus pais não ficaram nem um pouco satisfeitos. Eles achavam que eu precisava continuar solteira por mais algum tempo, para encontrar o meu lugar no mundo sozinha. Minha mãe sempre me dizia que as mulheres da minha geração têm muito mais oportunidades do que nos tempos de juventude dela. E parecia achar que eu tinha a obrigação de aproveitar isso do mesmo jeito que ela teria feito.

Mas, sinceramente, eu só queria me casar com um cara legal, com um bom emprego, e ter filhos. Acho que não sou uma grande feminista.

Abandonei os estudos quando Ken foi admitido

em um programa de residência em Chicago. Moramos lá por alguns anos e depois nos mudamos para Los Angeles quando ele veio fazer a especialização na UCLA.

Agora que estamos bem instalados aqui, penso o tempo todo em voltar a estudar. Mas Ken sempre deixou bem claro que me quer em casa, me esforçando para tentar engravidar. Ele diz que, se não está dando certo nem quando estou aqui tranquila, com certeza não vai acontecer se eu passar o dia todo fora de casa.

Não sei se isso é verdade, mas fica difícil discutir com um médico.

E assim fui passando os dias cuidando da casa, dando jantares para os colegas de Ken e as esposas deles e, ultimamente, ajudando a mãe dele a se acomodar na casa nova, que fica a dez minutos daqui. Ela diz que se mudou para cá para me "ajudar" com as "coisas". Acho que está esperando que um neto apareça a qualquer momento. Anda comentando que estou "magra demais".

Não era assim que as coisas deveriam ser.

Tudo de bom,
Carrie

19 de março de 1977
Carlsbad, Califórnia

Carrie,

Eu sinto o tempo todo que a minha vida passou sem que eu me desse conta.

Pensei que aos trinta e tantos anos já fosse ter alguma segurança financeira. Mas sou um professor de biologia do ensino médio que virou treinador dos times de hóquei sobre grama e de basquete feminino do colégio para ganhar um extra. Não entendo quase nada de hóquei sobre grama ou de basquete. Estou pensando em virar instrutor de direção também, porque pelo menos dirigir eu sei.

Meus alunos me respeitam na minha frente, claro, mas eu escuto as piadinhas que eles fazem sobre meu cabelo grisalho pelas costas. Meu cabelo ficou todo branco aos trinta e sete anos. Sempre quis ser um daqueles homens que envelhecem bem. As mulheres vivem falando que acham os homens mais velhos atraentes, não é mesmo? Eu nunca me destaquei pela aparência na juventude, mas pensei que quando estivesse mais velho fosse ficar mais bonitão. Mas infelizmente, com os quarenta cada vez mais próximos, também vieram uma barriga cada vez maior, problemas de coluna e uma tensão nos músculos dos ombros que nunca passa.

Isso sem mencionar que sinto que não conheço mais a minha própria mulher.

Agora, quando interajo com Janet, percebo que nós perdemos contato um com o outro muito antes de tudo isso. É quase como se ter descoberto que ela estava mentindo sobre uma coisa importante tenha me feito perceber que nós mentimos um para o outro sobre coisas menores o tempo todo.

Ela está mentindo sobre ter um amante, mas também sobre ter cancelado a assinatura do jornal, como eu pedi. Como se eu não fosse capaz de perceber que os jornais estão se acumulando debaixo da mesinha de cabeceira dela.

Mas eu também faço coisas desse tipo. Não falo sobre as minhas preocupações com dinheiro ou com o fato de que ela pega leve demais com o nosso filho mais velho.

Mentir ficou muito mais fácil do que falar a verdade. Não lembro quando foi que as coisas se complicaram tanto. Mas já faz anos que a vida virou uma simples questão de sobrevivência.

O dinheiro é curto. Janet sabe disso e eu também, e detesto falar a respeito, mas ela não sabe falar de outra coisa. Virou algo tão frequente que joga uma sombra sobre todo o resto.

Quando conheci Janet, eu costumava recolher as moedinhas de um centavo que encontrava na rua. Sempre adorei essas moedas. Gosto desse brilho acobreado que elas têm. Mas parei de fazer isso na frente dela, porque tenho medo de que Janet pense que é por causa do dinheiro. É assim que as coisas estão por aqui.

Janet vive se oferecendo para arrumar um emprego, e consigo ver o que está estampado no rosto dela quando fala a respeito. Decepção total e absoluta. Está claro que ela se sente obrigada a isso porque eu não sou capaz de bancar a casa. Ela me culpa. Detesta ter que depender de mim para fazer uma coisa que eu não estou fazendo direito. Ela queria ter mais controle sobre a própria vida. Eu fico arrasado toda vez que ela fala isso. Já tentei explicar que eu tenho um salário decente. Um bom emprego. O problema é que ter filhos custa caro.

Sei que não conseguir ter filhos é um problema no seu casamento. Nem imagino o sofrimento que isso deve causar. Mas a verdade é que ter filhos tem sido uma provação para o meu relacionamento. Não sinto mais o mesmo desejo que tinha pela minha mulher desde que ela engravidou de Andy e Brian. Os dois primeiros foram planejados, mas os gêmeos não. Foi um tremendo choque. Eu já estava exausto de ter que me virar para arrumar dinheiro para criar os outros dois. Só para deixar claro, não sou nem capaz de descrever a alegria que os meus dois filhos mais novos me dão. Michael, o mais velho, é cheio de determinação, e Sam é capaz de conquistar praticamente qualquer um com seu charme. Mas Andy e Brian têm uma curiosidade incrível sobre o mundo, e a união entre os dois é uma coisa que eu nunca vi. Não consigo imaginar a vida sem nenhum dos meus meninos. Mas, desde o susto dos gêmeos, a intimidade na cama com Janet sempre me deixa apreensivo. Parece que estou procurando mais sarna para me coçar.

Isso me fez esquecer o que eu via nela.

E saber que o seu marido vê isso nela, bom, não é fácil.

A simples menção de quantas vezes eles transaram em uma noite me fez sentir um peso gigantesco.

Às vezes eu acho que a insegurança é a pior parte. Você também se sente assim?

Ao seu dispor,
David

14 de março de 1977
Encino, Califórnia

David,

Se eu me sinto insegura? Minha nossa. Está com tempo?

Sinto medo de que o meu marido me troque pela sua mulher e que eu acabe ficando sem nada. Trinta anos, solteira, sem filhos, sem nem um emprego de secretária no currículo. Eu seria uma piada.

Nunca fiz nada por mim, não tenho nada para mostrar. Tudo que fiz na vida foi me casar com um médico.

Muitas vezes, me sinto dominada por um aperto no coração que me diz que eu nunca vou servir para nada. Que eu não tenho nenhum valor, e que qualquer homem em sã consciência iria querer ficar longe de mim. Que homem vai desejar uma mulher que não pode dar um filho para ele?

Por mais que Ken e eu tentemos, eu não engravido. Já causei tantas decepções para mim e para ele que a esta altura é difícil me lembrar de quando me sentia completa. O médico não sabe dizer por que ainda não engravidei, mas parece claro que o problema é comigo. Ele disse inclusive que seria inútil fazer exames em Ken. Que na maioria dos casos o problema é com a mulher. Preciso de mais alguma prova de que eu não sou boa o suficiente?

Quando penso em como sua esposa deve ser, imagino alguém que seja tudo o que não sou. Quatro filhos, e gêmeos inesperados! Deve ser uma mulher tão feminina, tão linda, tão perfeita.

Imagino que o meu marido olhe para a sua esposa e veja uma mulher de verdade. E tenho medo de perder a vida que construí para uma mulher que é capaz de dar o que ele quer.

Pronto.

Falei. Ou escrevi, para ser mais exata.

As coisas mais ridículas e patéticas que sinto no meu coração.

Tudo de bom,
Carrie

18 de março de 1977
Carlsbad, Califórnia

Carrie,

Garanto para você que não existe nada de ridículo no seu coração. E lamento muito saber pelo que você passou e o peso que isso representa.

Eu gostaria de poder deixar você mais segura em relação a tudo isso. Seria muita loucura sugerir que nos encontrássemos para um almoço? Talvez em um lugar que fique no meio do caminho para os dois? Eu poderia sair do trabalho mais cedo se você puder me encontrar.

Seria bom finalmente poder pelo menos associar um rosto ao seu nome.

E, dito isso, sei que existe uma linha muito tênue entre uma ótima e uma péssima ideia, então

se estou passando dos limites com a minha suges-
tão, eu entendo.

Ao seu dispor,
David

23 de março de 1977
Encino, Califórnia

David,

Na verdade fico feliz com seu convite. Acho que seria ótimo almoçarmos juntos.

Que tal na quarta-feira que vem, dia 30, ao meio-dia e meia, no Victor Hugo Inn, em Laguna? Vou fazer uma reserva no meu nome, mas só para garantir: tenho um metro e setenta e cinco, cabelos castanhos compridos, olhos castanhos e uso óculos com armação fina.

Se você estiver perdido, é só procurar a mulher alta, magra e nervosa bebendo um Arnold Palmer.

Até logo,
Carrie

4 de abril de 1977
Encino, Califórnia

David,

Muito obrigada pelo nosso almoço na semana passada.

É engraçado, mas te reconheci no momento em que você apareceu no salão. Acho que foi o seu cabelo. Você disse que estava todo branco, mas está exagerando. Ainda tem aquela aparência de que está começando a ficar grisalho, principalmente nas laterais. Combina muito com você. Para ser sincera, a primeira coisa que pensei foi: *Ele não se valoriza como merece.*

Quando você se sentou, acho que fiquei te encarando por um tempinho. Foi uma situação meio desconcertante, na verdade. Parecia que nos conhecíamos tão bem, e ao mesmo tempo eu tinha acabado de ver você pela primeira vez.

Eu gostava da facilidade que tinha de compartilhar as coisas quando você era só uma pessoa sem rosto que vivia a algumas horas daqui. Pouco antes de te conhecer, comecei a me preocupar que depois desse almoço eu pudesse não me sentir mais confortável para continuar mandando essas cartas. Mas foi o contrário. Sinto que talvez seja ainda mais reconfortante saber que é com você que eu venho me abrindo durante todo esse tempo.

Acho que tudo isso que escrevi foi uma forma não muito direta de dizer uma coisa bem simples: obrigada, David, por ser um amigo tão incrível.

Tudo de bom,
Carrie

7 de abril de 1977
Carlsbad, Califórnia

Carrie,

O prazer foi todo meu.

Eu tenho estado péssimo nos últimos tempos. Mas com certeza conversar com uma linda mulher sobre as várias qualidades dos Los Angeles Dodgers e dos San Diego Padres é capaz de levantar o ânimo de qualquer um. Isso sem contar que você me ouviu com toda a atenção enquanto eu falava sobre a minha mulher e, enfim, tenho certeza de que fui eu quem mais se beneficiou desse nosso encontro.

Antes que eu acabe me estendendo demais por aqui, gostaria de dizer uma coisa. Sei que começamos a conversar porque você estava atrás de cartas do seu marido.

Bom, no domingo eu encontrei quatro.

Estavam no caderno de receitas que Janet guarda na cozinha, dobradas entre a musse de chocolate e a musse de morango.

Janet estava se sentindo mal por causa de um resfriado e foi dormir mais cedo, então eu fiz o jantar dos meninos. Foi um bife na grelha e batatas fritas semiprontas. Nada mau para um prato feito por um pai, isso eu posso garantir.

Mas, quando Andy pediu sobremesa, fui dar uma folheada no caderno de receitas para ver se tinha ingredientes em casa para fazer alguma coisa. Acabei preparando só morango com chantili. Você sabia que se cortar os morangos em pedaços pequenos e puser açúcar pode dizer que são "macerados"? Fiquei me sentindo o máximo por ter feito "morangos macerados".

Enfim, eu li as cartas e, como você tinha pedido lá no começo, tirei umas cópias na sala de xerox da escola. Mas primeiro preciso perguntar: tem certeza de que você quer ver isso?

Ler as cartas de Janet acabou comigo. Me sinto na obrigação de alertar você.

Mas vou respeitar a sua decisão, seja qual for.

Ao seu dispor,
David

12 de abril de 1977
Encino, Califórnia

David,

Por favor me mande assim que puder.

Tudo de bom,
Carrie

P.S. Morangos com chantili — macerados ou não — são a minha sobremesa favorita. Que jantar delicioso você preparou para os seus filhos.

15 de abril de 1977
Carlsbad, Califórnia

Carrie,

As cópias estão no envelope. Acho que os nossos respectivos se conhecem há mais tempo do que imaginávamos. Só queria avisar isso.

Ao seu dispor,
David

10 de setembro de 1976
Los Angeles, Califórnia

Janet, Janet, Janet,

Você deve saber que o que existe entre nós dois não poderia terminar em uma noite. Isso é algo que só se encontra uma vez na vida.

Me diga: você não pensou mais em mim desde o dia em que nos conhecemos? E não ficou se perguntando como seria estar nos meus braços? Eu imaginei a sensação de ter você inúmeras vezes desde que nos vimos pela primeira vez.

Naquela noite três anos atrás, quando vi você no restaurante, fiquei com a sensação de que nunca tinha visto uma mulher tão cheia de vida. Seus olhos faiscavam, e seu sorriso era enorme. Uma palavra me veio à mente: *jovialidade.*

Quando nos esbarramos no banheiro, eu não conseguia tirar os olhos de você. Lembro que você segurou minha mão por um instantinho a mais quando nos apresentamos, e roçou de leve no meu peito. Vi a aliança no seu dedo, que você já tinha um homem.

E sei que se lembra do que falei. Eu disse: "Que possamos nos conhecer em outra vida, então".

E beijei a sua mão. E fui embora.

Voltei para Los Angeles, para a minha vida, o meu consultório. E fiquei pensando em você. Pensava muito em você, que parecia um sonho, uma maravilha da natureza.

Mas você é real. Totalmente real.

E não venha me dizer que foi uma coincidência ter encontrado você de novo quando voltei a San Diego.

Bem ali, no saguão do meu hotel, eu ouvi uma risada, uma risada linda e vibrante, e me virei e lá estava você. A minha mulher de outra vida.

Só podia ter sido o destino.

Foi por isso que me rendi a você. E acho que foi por isso que você se rendeu a mim.

Estávamos destinados a estar no mesmo lugar

ao mesmo tempo. E acredito que você saiba disso, e que foi por isso que me escreveu.

Precisamos combinar de fazer isso de novo. E em breve.

Me diga: o seu marido faz com que você se sinta do mesmo jeito de quando está comigo? Ele mexe com você da mesma maneira? Ele faz você gritar tão alto que as pessoas do quarto ao lado reclamam? Porque eu sim. Eu sei como fazer isso com você.

Me escreva. Me diga quando vai me encontrar.

Com amor,
Ken

23 de setembro de 1976
Los Angeles, Califórnia

Minha doce Janet,

Nós acendemos alguma coisa *um no outro*. Eu preciso ver você de novo. Me diga que vai me ver. Eu arrumo um jeito de ir te encontrar.

Meu mundo é em preto e branco, e você é multicolorida.

Com amor,
Ken

4 de outubro de 1976
Los Angeles, Califórnia

Minha doce Janet,

Desculpe pela ligação. Quando ouvi sua voz, percebi que não deveria ter ligado para sua casa sem avisar. Sou obrigado a admitir que estou me sentindo como um adolescente de novo. Fazendo as mesmas bobagens de antes.

É que não me sentia assim fazia tanto tempo que simplesmente me deixei levar.

E por isso, minha doce Janet, é que estou tão feliz por você se sentir da mesma forma.

Reservei um quarto no nosso hotel para a semana que vem. Quinta-feira, dia 14.

Estou muito feliz por termos essa noite. Saber

que em breve você vai estar nos meus braços de novo é o que vai me manter vivo até lá.

Com amor,
Ken

12 de novembro de 1976
Los Angeles, Califórnia

Minha doce Janet,

Eu preciso de você. Ver você uma vez por semana já não é mais suficiente.

Preciso do seu sorriso, e preciso ver o brilho dos seus olhos quando levanto a cabeça. Preciso do seu corpo macio de mulher ao meu lado.

Sinto sua falta do fundo do meu coração. E, quando sinto que não vou suportar mais, lembro de como é irmos juntos para a cama sabendo que você existe só para mim. E que eu existo só para você.

Eu nunca amei antes. Se for isso o que é o amor.

Vejo você na quinta, às dez da manhã. Mal posso esperar para ter você nos braços.

Com amor,
Seu Ken

21 de abril de 1977
Encino, Califórnia

David,

O tempo às vezes muda por aí? Imagino que não. Por aqui nada muda. As estações do ano não existem.

Quando eu morava em Boston, abril era o meu mês favorito. No outono, eu via as folhas amarelarem, e depois ficarem alaranjadas e vermelhas. E sempre detestava dezembro — era quando as folhas caíam, e parecia que nunca mais voltariam a nascer. Mas então chegava abril, e o sol aparecia, e as folhas começavam a brotar e a vida recomeçava. Parecia a coisa mais maravilhosa do mundo.

Como as folhas não caem por aqui, abril não chega nem perto de ser tão emocionante. Sempre pensei que não é possível se alegrar pela volta de uma coisa que na verdade nunca foi embora.

Mas e se a coisa vai embora para nunca mais voltar? Seria muito brega dizer que meu coração está parecendo um eterno dezembro sem um abril em vista? Claro que sim. Qualquer um que compara um coração a um fenômeno meteorológico está sendo ridículo.

Estou escrevendo para agradecer formalmente por você ter me mandando as cartas. E, mais que isso, estou escrevendo para agradecer por você ter me ligado. Depois de ler tudo, sentei na sala perto da vitrola, coloquei um disco da Carly Simon e chorei. Depois ouvi Daisy Jones e Carole King. Só músicas para chorar, se você estiver no clima. Então ouvi *Blue*. Um verdadeiro clássico de todos os tempos. Você costuma ouvir Joni Mitchell? Ken fica incomodado quando escuto. Diz que ela me deixa "melosa". Acho que eu fico mesmo meio sentimental.

Mas ultimamente deixei de lado o sentimentalismo e ando na fossa mesmo.

"Eu nunca amei antes. Se for isso o que é o amor."

Não acredito que ele escreveu uma coisa dessas. Dias depois, ainda reverbera na minha cabeça sem parar.

Nunca me senti tão sozinha.

Sozinha no mundo e sozinha no meu casamento. Sozinha no amor, na verdade. Com um homem que diz nunca ter me amado.

Isso deveria mesmo ser uma surpresa para mim? Ele quase não olha mais na minha cara. Nenhum de nós sequer mencionou a possibilidade de tentar engravidar este mês. Ele nem deve ter reparado que passou um mês inteiro sem encostar em mim.

Às vezes eu poderia jurar que sou invisível. Mas, sinceramente, David, muitas vezes sinto que isso é um alívio. Não suporto a ideia de que ele olhe para mim agora. Tem coisas demais que eu não quero que ele veja.

A sua ligação fez maravilhas para me tirar desse estado de espírito. Eu estava sentada aos prantos na mesa da cozinha quando o telefone tocou, e juro que sabia que era uma ligação especial antes mesmo de atender. (Mas com certeza sou só eu sendo melosa.)

Mas me permita ser um pouco mais melosa e dizer: fiquei me sentindo muito melhor assim que percebi que era você.

Obrigada por me dizer que vai ficar tudo bem. Não sei se algum de nós dois pode ter alguma certeza disso no momento, mas é bom ouvir isso.

Você se saiu muito bem levantando o meu astral. Comecei a rir entre as lágrimas, e isso foi uma bênção. Então, de verdade mesmo, David, obrigada.

Às vezes, quando estou deitada na cama ao lado de Ken e não consigo dormir, fico me sentindo absolutamente patética. Sem amor, sem nenhuma qualidade. Me sinto como a garota na festa que ninguém tira para dançar.

Lá estou eu, torcendo para ser escolhida, enquanto está todo mundo dançando.

Mas ultimamente, quando me sinto assim, penso em você.

Não estou sozinha na festa. Você está nessa maldita festa comigo. E pensar que estou ao seu lado me faz sorrir.

Tudo de bom,
Carrie

26 de abril de 1977
Carlsbad, Califórnia

Carrie,

Fico feliz em saber que tornei as coisas um pouquinho mais fáceis para você. Só Deus sabe o quanto você tornou tudo isso mais fácil para mim.

Na verdade, sou obrigado a admitir que liguei naquele dia para saber como você estava, mas também porque estava precisando ouvir uma voz calorosa. Precisava ligar para alguém que queria falar comigo de verdade. Conversar com você pelo telefone algumas vezes nesta semana foi o ponto alto dos meus dias. Você é a definição perfeita de uma brisa de ar fresco.

Carrie Allsop, você nunca vai ser a mulher que ninguém vai chamar para dançar.

Eu vou estar lá para dançar com você enquanto a música estiver tocando.

Certo, isso foi cafona demais. Vou parar de escrever antes que a coisa acabe destrambelhando de vez.

Estou pensando em você...

Ao seu dispor,
David

P.S. Lembrei com quem você parece. Carly Simon. Eu falei que ia lembrar, e finalmente consegui. Lembrei disso de repente quando estava indo dormir ontem à noite.

O seu sorriso e os seus olhos. Iguaizinhos aos da Carly Simon.

29 de abril de 1977
Encino, Califórnia

David,

Você por acaso gostaria de se encontrar comigo para um almoço de novo? Eu bem que estou precisando de uma boa companhia.

Tudo de bom,
Carrie

4 de maio de 1977
Carlsbad, Califórnia

Carrie,

Posso ir na segunda-feira, dia 9, se for bom para você. Podemos combinar no mesmo lugar, no mesmo horário.

Ao seu dispor,
David

10 de maio de 1977
Encino, Califórnia

David,

Que tarde deliciosa essa que tivemos. Não consigo nem expressar como é maravilhoso passar um tempo com alguém que me escuta de verdade.

E eu me diverti muito vendo aqueles discos antigos com você lá na loja. E conversando sobre livros. (Este é o lembrete que estou dando para você ler *De bar em bar*. E, é claro, eu vou ler *Ragtime*. Sempre cumpro com a minha palavra.)

Foi muito bem ter conversas tão revigorantes. Ken nunca fala sobre essas coisas comigo. Na maior parte do tempo só reclama do presidente Carter e me pergunta sobre o jantar. Se eu sempre concordar com ele e não deixar o peixe passar do ponto, ele não tem muito mais a me dizer.

Mas, com você, eu sinto que finalmente posso ter uma conversa. Falar sobre tudo e nada. Nem me lembro da última vez em que me senti tão à vontade. Ou talvez seja melhor dizer livre e despreocupada mesmo.

E que prazer foi ouvir você também. Fazia muito tempo que eu não ria tanto, que não me interessava tanto em ouvir o que alguém tinha a dizer.

Quase não consigo me divertir nos últimos tempos, então valorizo de verdade todas as risadas que dei com você.

Tudo de bom,
Carrie

13 de maio de 1977
Carlsbad, Califórnia

Carrie,

"Quase não consigo me divertir nos últimos tempos, então valorizo de verdade todas as risadas que dei com você." Você tirou as palavras da minha boca.

Que tal semana que vem? Sexta-feira está bom para você? No mesmo lugar?

Ao seu dispor,
David

20 de maio de 1977
Carlsbad, Califórnia

Carrie,

Eu pensei em você durante todo o trajeto de volta para casa depois do nosso almoço. Você deve ser a mulher mais bem informada, culta e inteligente que conheço. Fico impressionado com a sua percepção das coisas e com a sua bondade.

Relembrei várias vezes a maneira como você lidou com aquele concierge mal-educado no hotel. O jeito como falou, com tanta paciência, tanta positividade, com uma pessoa tão grossa. Você trata tudo de um jeito tão puro. Como consegue? Como é capaz de manter um coração tão aberto no meio de tudo isso?

Às vezes eu acho que o meu está prestes a virar pedra, mas toda vez que nos encontramos ele amolece, e eu lembro que é possível escolher a bondade em vez da raiva em tudo o que fazemos.

Estou tentando ser mais como você, da melhor maneira que posso.

Você é incrível, Carrie Ann.

Totalmente seu,
David

25 de maio de 1977
Encino, Califórnia

David,

Obrigada por suas palavras tão gentis. Ao que parece, você me vê exatamente da forma como eu gostaria de ser vista. Não existe presente melhor que esse.

Quando podemos nos ver de novo? Você está livre na quarta-feira, dia 1? Ultimamente, escrever não parece bastar.

Tudo de bom,
Carrie

2 de junho de 1977
Encino, Califórnia

David,

Fiquei deitada na cama ontem à noite sem conseguir dormir. Fiquei pensando em você e no que disse antes, sobre os seus bloqueios para elogiar Janet.

De repente me deu uma vontade imensa de te dizer uma coisa.

Você não merece isso. Tudo isso que está acontecendo. Sei que às vezes você pensa que sim. Dá para perceber pela maneira como você fala que não dá atenção suficiente para ela, que é uma situação complicada. Todos os casamentos são complicados. Se aprendi alguma coisa na minha vida adulta, acho que é isso.

Fazer concessões é normal, sofrer desilusões é a coisa mais comum etc. etc.

Mas você é uma boa pessoa. Sei disso porque constatei com os meus próprios olhos. Eu sei disso, David. E sei que você não merece isso. Merece uma mulher que seja louca por você.

Você é um homem brilhante e dedicado. É um pai incrível. Tem um coração enorme. É o tipo de homem capaz de apreciar as pequenas alegrias nos dias mais difíceis. É cavalheiro e respeitoso.

Homens como você são raridade hoje em dia.

Você é excepcional.

E de jeito nenhum merece isso.

Com todo o meu amor,
Carrie

6 de junho de 1977
Carlsbad, Califórnia

Carrie,

Você também não merece isso. Não existe nada de que você não seja capaz, por mais limitações que possa ter tido na vida, por mais que as coisas não sejam tão fáceis para você. Não existe nada de que você não seja capaz. Espero que consiga enxergar isso.

Você é tudo o que um homem poderia querer em uma mulher.

Totalmente seu,
David

10 de junho de 1977
Encino, Califórnia

David,

Por muito tempo, eu me senti uma decepção para muita gente. Para os meus pais pelas minhas escolhas. Para o meu marido pelo que não consegui proporcionar para ele.

E agora, em diversos sentidos, até para mim mesma. Pela forma como lidei com essa situação.

Quando eu era adolescente, um vizinho nosso, o sr. Weddington, teve um caso com a secretária dele. E lembro que fiquei enojada quando a sra. Weddington o aceitou de volta.

Não entrava na minha cabeça como aquela mulher tinha se submetido ao vexame de aceitar a traição dele.

Mas agora aqui estou eu. Fazendo praticamente a mesma coisa. E isso é deprimente para mim.

Só que então penso em você. E vejo um homem de uma integridade enorme. E esse homem tão íntegro está tão confuso quanto eu, e sofrendo tanto quanto eu, e não julga as minhas escolhas, e não gostaria que eu fosse diferente do que sou.

E isso já basta para me fazer questionar a ideia de que sou mesmo uma decepção total.

Obrigada por me ajudar a levantar um pouco a cabeça em uma época em que tenho todos os motivos do mundo para desmoronar.

Com todo o meu amor,
Carrie

15 de junho de 1977
Carlsbad, Califórnia

Carrie,

Se eu ajudei a mostrar como a sua força é extraordinária, então só retribuí uma pequena porcentagem de tudo o que você fez por mim. Você provavelmente é a única responsável por me fazer seguir em frente.

Eu gostaria de ser capaz de contar quantas vezes o seu nome fica na ponta da minha língua, quantas vezes por dia me pego pensando em alguma coisa que você disse. Outro dia, alguém no trabalho estava falando sobre pasta de amendoim, e tive que me segurar para não contar que você me transformou em um adepto convicto do cream cheese na torrada.

Ainda não consigo acreditar quando penso em todas as maneiras como você alegrou minha vida.

Você é a segunda metade do meu coração hoje em dia, Carrie Ann.

E eu sou um homem de sorte por isso.

Totalmente seu,
David

18 de junho de 1977
Encino, Califórnia

David,

Outro dia no telefone você perguntou por quanto tempo eu estaria disposta a deixar essa situação continuar.

Eu respondi que continuava esperando para ver se Ken ainda tinha alguma intenção de voltar para mim. Mas o que não falei — e acho talvez que deveria ter dito — é que agora essa espera se tornou muito mais fácil. Agora que tenho você para enfrentar tudo isso comigo.

Mas agora estou começando a me perguntar se ainda resta alguma coisa pelo que esperar.

Como eu disse para você, Ken parou de guardar as cartas de Janet na maleta de papéis. Mas há pouco tempo encontrei uma no porta-luvas quando fui renovar o seguro do carro.

Incluí uma cópia da carta no envelope. Mas me diga, David: o que nós vamos fazer? Qual é o nosso plano?

Com amor,
Carrie

30 de maio de 1977
Carlsbad, Califórnia

K,

Eu concordo. Não consigo ficar mais muito tempo sem você. Mas não é assim tão simples. Se estamos falando sério, precisamos fazer planos de longo prazo para o futuro. Temos que pensar na nossa família! Na nossa vida. Ainda existem muitas coisas para resolver.

Portanto, sim, meu amor, eu vou fugir mais uma vez. Meus filhos vão passar o fim de semana do Quatro de Julho com os meus pais em Catalina. Vou dizer para David que vou para a casa da minha prima em Anaheim. Mas, em vez disso, podemos nos encontrar, ou no Del ou naquele lugar em Newport Beach do qual você falou.

E então poderemos conversar sobre o que isso significa para a nossa vida e sobre o que podemos fazer para ficar juntos de uma vez por todas.

Com amor,
J

22 de junho de 1977
Carlsbad, Califórnia

Carrie,

Não sei o que nós estamos fazendo. Eu me pergunto isso todos os dias. A esta altura, acho que provavelmente já perdemos um pouco o juízo. O meu pelo menos parece ter ido para o espaço faz tempo.

E se fizéssemos alguma coisa para impedir isso? Agora não pode ser o momento de tirar tudo a limpo? Meu medo é que isso só acabe empurrando um para os braços do outro. Tentar mantê-los separados pode ser o que solidifica o desejo deles de ficarem juntos. Não sei direito o que fazer.

Mas uma coisa eu digo: não quero passar o Quatro de Julho sozinho em casa, com os meninos em Catalina e a minha esposa com o seu marido. Isso parece péssimo. E não vou deixar que seja assim.

Acho que vou passar o feriado lá no nosso cantinho. Alguma chance de você conhecer alguém que possa ser uma boa companhia para mim?

Totalmente seu,
David

25 de junho de 1977
Encino, Califórnia

David,

Vou ligar para a pousada e reservar os quartos. Você pode providenciar uns fogos de artifício de mão e talvez umas bandeirinhas ou coisas do tipo. Vamos tentar manter o clima mais festivo possível nesse fim de semana. E podemos tentar com todas as forças não pensar no que está por vir.
Que tal?

Com todo o meu amor,
Carrie

29 de junho de 1977
Carlsbad, Califórnia

Carrie,

Os fogos de artifício já estão providenciados. Nos vemos no sábado. Um brinde ao seu talento de conseguir extrair o melhor de todas as situações.

Totalmente seu,
David

5 de julho de 1977
San Clemente, Califórnia

Carrie,

Estou em um posto de gasolina em San Clemente, voltando para casa, e vi um cartão-postal com um banco de areia e precisava mandar para você. Acabei de ir embora, mas já sinto falta da sua voz, do seu cheiro de coco. Não acredito que você não sabia que tem cheiro de coco!

É de cortar o coração que ninguém nunca tenha cheirado seu cabelo antes.

Você é uma revelação. E, do seu lado, eu não senti nada além de pura paz.

Aliás, sobre o banco de areia. Isso me fez lembrar de você porque é isso que você representa para mim. Eu estava perdido no mar, e aí você apareceu. E voltei a sentir um chão firme sob os meus pés.

Com amor,
David

7 de julho de 1977
Encino, Califórnia

David,

Seu cartão-postal me fez sorrir. Ainda fico vermelha só de pensar nas suas mãos nos meus cabelos.

Eu não fazia ideia quando planejamos passar o feriado juntos que ficaria triste quando o fim de semana acabasse. Pensei que fôssemos ficar enfurnados naquele lugar, tentando animar um ao outro, mas que, no fim, seria impossível.

Só que não foi nem um pouco assim, não é? De alguma forma, por mais absurdo que pareça, arrumamos um jeito de ficar felizes de verdade, não é mesmo? Juro que você me fez até esquecer do motivo por que estávamos lá.

Obrigada por me fazer lembrar de como é ser feliz.

Com amor,
Carrie

12 de junho de 1977
Carlsbad, Califórnia

Carrie,

Sou eu quem deveria agradecer. Você me fez lembrar que, não importa o que aconteça com o meu casamento, nem tudo está perdido. Ainda existe beleza no mundo, descobertas inesperadas.

Caso tudo isso termine em desastre, o lado bom é que existe você.

Com amor,
David

19 de julho de 1977
Encino, Califórnia

David,

Você é a maior surpresa da minha vida adulta. Quando escrevi para você naquela primeira vez, não fazia a menor ideia de que estava entrando em contato com alguém tão parecido comigo. E, por mais complicado e imprevisto que tudo isso seja, não me arrependo nem por um segundo de ter tomado essa iniciativa.

Como estão as coisas por aí? Sou obrigada a perguntar: desde que voltou para casa, você encontrou alguma outra carta de Ken? Descobriu mais alguma coisa de Janet?

Ken tem andado estranhamente atencioso. Está vindo direto do trabalho para casa. Comprou flores para mim. Hoje vai me levar para jantar no Chateau Marmont (um hotel chique para estrelas do cinema e bandas de rock).

E eu não sei o que pensar de tudo isso.

Com amor,
Carrie

25 de julho de 1977
Carlsbad, Califórnia

Carrie,

Não encontrei nenhuma carta ultimamente, e Janet parou de sair para caminhar depois do jantar, o que sempre imaginei que fosse uma desculpa para ir conversar em um telefone público. Não sei o que isso significa.

Como você está? Espero que tenha melhorado do resfriado. Estou pensando em você e mandando uma canja de galinha bem caprichada em pensamentos.

Com amor,
David

29 de julho de 1977
Encino, Califórnia

David,

Estou com saudade. Espero que não seja um problema dizer isso. Muitas vezes fico desejando que você estivesse aqui.

Ontem Ken me contou que vai a Palm Springs para uma consultoria no caso de um ex-colega. Disse que vai ficar lá de 8 a 13 de agosto. Acho que está mentindo, mas não encontrei mais cartas de Janet, então não tenho certeza.

Janet mencionou alguma coisa com você? Ela planejou alguma viagem?

Se eles forem viajar juntos, nós podemos nos encontrar?

Com amor,
Carrie

3 de agosto de 1977
Carlsbad, Califórnia

Carrie,

Janet não me falou nada sobre isso. Não faço a menor ideia.

Vou procurar por alguma carta no caderno de receitas, ou no porta-luvas, ou escondida no closet quando chegar em casa.

Se ela for, eu ligo para você e marco um dia para nos encontrarmos.

Com amor,
David

6 agosto de 1977
Encino, Califórnia

David,

Ken viaja segunda-feira para Palm Springs. Janet ainda não falou nada?

Ontem à noite, Ken cozinhou para mim. Passou no mercado depois do trabalho e comprou os ingredientes. Fez bifes grelhados e uma salada, com um molho caseiro cuja receita uma enfermeira do trabalho passou.

Acendeu velas na mesa e abriu uma garrafa de vinho. Fiquei confusa e desconfiada. Mas também surpresa de ter me sentido bem por voltar a receber a atenção dele. Fazia tanto tempo que eu nem me lembrava mais como era.

Ele começou a falar de quando nos conhecemos. Disse que contou para o pai dele sobre o nosso primeiro encontro e falou no mesmo dia que iria se casar comigo. E falou que o pai dele respondeu que era preciso escolher uma mulher que ele fosse capaz de amar por cinquenta anos. E Ken virou para mim e falou: "E é isso o que você é".

Eu respondi: "Tem certeza de que você nunca quis mais ninguém?".

E Ken me disse: "Eu nunca vou amar outra pessoa do jeito que amo você. Nunca".

Obviamente, uma parte de mim sabia que era mentira, mas uma outra parte pensou: *E se ele voltou a achar que eu sou a "pessoa certa"?*

Mas perguntei se ele precisava mesmo ir para Palm Springs na segunda, e ele insistiu que sim. Então Janet deve ir também para se encontrar com ele lá, não é?

Com amor,
Carrie

9 de agosto de 1977
Carlsbad, Califórnia

Carrie,

Hoje é terça-feira, 9 de agosto, e Janet ainda está aqui. Ao que parece, não tem nenhum plano de viajar. Se Ken já foi, posso garantir que não está com Janet.

Você acha que o caso deles terminou? Não estou entendendo mais nada.

Com amor,
David

15 de agosto de 1977
Encino, Califórnia

David,

Na segunda de manhã, quando Ken estava colocando as coisas no carro para ir a Palm Springs, ele olhou para mim e perguntou: "Por que você não vem comigo?".

Perguntei: "Eu?".

E ele falou: "É, vem comigo".

E acabei fazendo uma malinha e pegando a estrada com ele.

No fim, era mesmo uma consultoria. Não era mentira.

Como é estranho ficar confusa com o fato de que o meu marido estava dizendo a verdade. Mesmo assim, sou obrigada a admitir que isso foi bem reconfortante. Era como se o Ken por quem me apaixonei tivesse reaparecido: honesto, confiável.

Passei os dias passeando pela cidade e fazendo compras, e à noite Ken e eu íamos aos restaurantes, bebíamos nos bares e pedíamos sobremesa pelo serviço de quarto do hotel. Juro para você que, quando ele olhava nos meus olhos, parecia mesmo que me amava. Pareceu um recomeço, acho. Foi como se tudo isso nunca tivesse acontecido.

Ele disse que quer me levar para passar férias na Itália no ano que vem. Falou que seria uma "segunda lua de mel". Não sei ao certo como me sentir a respeito de tudo isso. Estou um pouco atordoada, para ser sincera.

Será possível que, depois de tudo por que nós passamos, no fim eles acabam voltando para nós?

Tudo de bom,
Carrie

20 de agosto de 1977
Carlsbad, Califórnia

Carrie,

Ontem à noite Janet e eu colocamos os meninos para dormir e decidimos ver um pouco de TV na sala. Eu estava na minha poltrona, e Janet no sofá, quando ela foi até a TV e desligou.

Ela disse: "Eu estou dormindo com outro".

E então confessou tudo.

Começou do início — contou como eles se conheceram anos atrás e ela achou que não fosse nada de mais, mas depois se encontrou com ele pela segunda vez em agosto do ano passado. Eu não tinha me dado conta, mas a noite em que eles se encontraram de novo foi quando nós tínhamos discutido porque eu passava o tempo todo corrigindo provas e nunca tinha tempo para ela. Então ela decidiu sair com sua amiga Sharon, e estava bem irritada.

Ao que parece, ela só chegou em casa na manhã do dia seguinte, e disse que eu nem percebi. É quase inacreditável como eu não prestava a menor atenção nela nessa época. Não que a culpa seja minha, claro. Depois de ouvir os detalhes, senti ainda mais raiva de Janet, mas de forma mais tolerável. O que não faz muito sentido, na minha opinião.

Enfim, ela admitiu por quanto tempo eles se encontraram, a frequência com que se viam, a maneira como se sentia, e o motivo. E, depois que ela confessou, eu fiz o mesmo.

Contei que já sabia fazia algum tempo. E que eu e você estávamos trocando cartas e nos aproximamos durante esses tempos tão estranhos. Mostrei algumas das nossas cartas também.

No fim da noite, não restava mais nada a confessar. Na verdade, já era quase de manhã. Janet e Ken terminaram tudo. E não existem mais mentiras no nosso casamento.

Janet me contou que quer continuar comigo,

e me perguntou se eu achava que nós conseguiríamos superar tudo isso.

Não foi uma pergunta fácil. Eu pensei muito em você, para ser sincero. O que você me mostrou, a vontade que eu tinha de continuar te vendo. O que você passou a significar para mim.

Mas, quando me pergunto se algum dia vou perdoar a mãe dos meus filhos e voltar a confiar nela, a resposta é sempre sim. Eu acho que consigo.

E, mesmo se não conseguir, pelo menos tenho que tentar. O que mais quero nesta vida é viver na mesma casa dos meus filhos, estar aqui quando eles acordam, dar boa-noite no fim do dia, até virarem homens feitos. Quero o futuro que sempre desejei.

Eu disse para Janet que ainda não estou pronto para perdoar, mas estou disposto a tentar. E isso, no momento, já é um bom começo para nós dois. Nós achamos que vamos conseguir deixar tudo isso para trás.

Quanto aos detalhes sobre o fim do relacionamento deles e a viagem de Quatro de Julho, Janet me contou tudo. E depois me mostrou as últimas cartas de Ken.

Janet disse que ela e Ken passaram o feriado em Newport Beach. Combinaram de contratar advogados e decidiram onde iriam morar e que tipo de guarda dos meninos ela iria querer. Estava tudo acertado.

Quando estavam se preparando para ir embora, Ken foi pagar a conta e Janet passou na loja de conveniência ao lado do hotel para comprar um sanduíche e uma bebida para a viagem. Quando pagou, percebeu que estava faltando um centavo, então pegou uma da bandeja de "Deixe um centavo, pegue um centavo". Ela falou que era uma moeda novinha, sem nenhum arranhão. Toda brilhante e reluzente, do jeito que eu sempre adorei. E, enquanto segurava aquela moeda, ela percebeu que não lembrava da última vez que tinha me visto pegar uma.

Não conseguia lembrar de nenhum momento de alegria entre nós.

Janet falou que naquele instante percebeu que o nosso casamento fracassado estava fazendo nós dois sofrermos. Que eu também devia estar sofrendo.

Disse que naquele instante entendeu que seu

maior desejo não era uma vida nova com outro homem, e sim a nossa vida de volta.

Enquanto me contava isso, ela disse: "Eu jamais teria de volta o que nós tivemos se me casasse com ele. Isso eu só posso ter de volta ficando com você".

Quando o seu marido apareceu, ela falou que estava tudo acabado.

Ao que parece, eles tiveram uma briga feia no estacionamento. Mas não teve jeito, Janet não mudou de ideia. Ela disse que voltou para casa e sabia que não tinha mais volta.

Sobre as cartas de Ken, confesso que me sinto dividido. Tem certeza de que quer saber tudo?

Janet não queria que eu mandasse, mas eu falei que devo esse último ato de lealdade a você, e ela entendeu. Por isso, eu incluí as cópias aqui. Só o que eu peço para você é o seguinte: não leia se estiver feliz com ele, Carrie. Sei que não é coisa que se peça, mas garanto que você tem a força necessária para conseguir se segurar e se proteger. É o que você tem feito por todos esses meses.

Proteja sua felicidade a qualquer custo.

Se é ele que você quer, dê um sumiço nessas

cartas e seja feliz. Se não for ele o que você quer, talvez seja melhor ir embora sem ler tudo isso.

Sei que é um conselho estranho vindo de mim, mas eu te conheço, Carrie Ann Allsop. E sei como é seu coração. Você subestima sua força. Sempre fez isso.

Você me mudou para o resto da vida e, se por um lado eu precisei passar por tudo isso, por outro foi uma sorte ter sido ao seu lado. Vou lembrar de você com carinho para sempre.

Se cuide.

Você merece o melhor.

Com todo o meu amor,
David

6 de julho de 1977
Los Angeles, Califórnia

Minha doce Janet,

Não acredito que você tenha dito tudo aquilo a sério. Esse não pode ser o nosso fim! Não pode existir um fim. Nós fomos feitos um para o outro. Você só está com medo porque tudo está se tornando real, mas o que nós temos é real, meu amor.

Se separe dele.

Eu vou me separar de Carrie sem pensar duas vezes. Ela não é você, não significou para mim em dez anos o que você passou a significar em poucos meses.

Por favor, me escreva, atenda as minhas ligações, e podemos começar nossa vida juntos.

Com amor,
Seu Ken

13 de julho de 1977
Encino, Califórnia

Janet,

Por favor, pense melhor.

Por favor.

Você me disse para voltar para a minha mulher, mas só o que consigo ver quando olho para ela é a minha insatisfação.

Eu só tenho olhos para você.

Posso viajar de novo no dia 8 de agosto. Vou prestar uma consultoria em Palm Springs. Vamos nos encontrar lá. Me diga que vai me encontrar lá. Vamos dar essa última chance para nós.

Com amor,
Seu Ken

10 de agosto de 1977
Palm Springs, Califórnia

Janet,

Eu trouxe Carrie comigo para Palm Springs depois que você me desprezou. Acho que estava esperando que nós fôssemos nos divertir muito e que eu mandaria um cartão-postal me gabando de como estou muito melhor sem você. Mas... não consigo. Mesmo agora, que estou me esforçando, Carrie não chega aos seus pés.

Janet, você acabou comigo.

Eu queria ter filhos com você. Era capaz de ver a família que nós teríamos. Achava que poderia ter com você uma vida que não posso ter com Carrie.

Veja bem, eu sei que falei algumas coisas que

não deveria. Fiquei chateado quando você terminou tudo. Falei coisas que não são verdade. Admito que houve, sim, outras mulheres antes de você e, se está tudo realmente acabado entre nós, então não tenho motivos para manter um relacionamento monogâmico. Como eu disse, não acho que isso seja compatível com a natureza humana. Mas, Janet, você não entende? Isso só mostra o quanto eu te amo, o quanto estava levando você a sério. Estava disposto a abrir mão de tudo por você, por você e mais ninguém.

Eu te amo e te considero uma mulher excepcional a esse ponto.

Não é fácil abrir mão de você. Mas entendo que você tomou sua decisão, e que vou ter que conviver com isso.

Se algum dia mudar de ideia, minha doce Janet, por favor me escreva.

Eu sou para sempre seu.

Com amor,
Ken

16 de setembro de 1977
Encino, Califórnia

Caro sr. Rosenthal,

Como discutimos pessoalmente na terça-feira, seguem anexas todas as cartas a que tive acesso que foram trocadas entre o meu marido, o dr. Kenneth Allsop, e a sra. Janet Mayer ao longo do último ano.

Espero que sejam evidências suficientes da traição.

Acredito que o plano é exatamente esse que o senhor sugeriu. Vamos tentar tirar "tudo o que ele tem".

Cordialmente,
Carrie Allsop

30 de abril de 1978
Boston, Massachusetts

Querido David,

Obrigada por me mandar as cartas de Ken no ano passado. Me desculpe por não ter respondido. Só agora me sinto pronta para isso.

Estou escrevendo para você do quarto que fica em cima da garagem da casa dos meus pais.

Mas acho melhor começar do início. Depois de ler sua carta, e as cartas de Ken, passei duas semanas investigando todas as escapadas românticas dele. Não sei ao certo por que fiz isso. A verdade era que eu sabia que precisava me separar dele assim que li aquelas cartas. Mas acho que demorei tempo demais para criar coragem na vida. E pelo jeito precisava de mais duas semanas para chegar ao nível máximo.

Nós tínhamos saído para jantar em um restaurante italiano quando de repente senti que não aguentava mais. Ele estava pedindo uma sopa minestrone quando eu simplesmente disse: "Não quero mais nada com você". Em seguida joguei o guardanapo na mesa, peguei as chaves no bolso do paletó dele e fui embora. Ele teve que voltar a pé para casa.

Eu não conseguia mais tolerar um casamento com tanto desrespeito. E percebi que sempre foi assim. Mesmo quando eu pensava que ele era fiel.

E eu não podia mais continuar vivendo daquele jeito nem por um segundo. Por diversas razões. Mas a principal delas foi que o futuro de outra pessoa estava envolvido.

No começo de setembro do ano passado, descobri que estava grávida de dois meses.

Você deve imaginar a minha surpresa. Mas também deve imaginar minha alegria.

Então procurei um advogado, arrumei minhas coisas e, um mês depois, voltei a morar com os meus pais em Massachusetts.

É com grande orgulho que informo a você que me separei daquele babaca.

E com um prazer imenso informo que, no mês passado, tive uma linda menininha que se chama Margaret.

Sou uma mãe divorciada, e aos trinta e um anos estou morando com os meus pais. Jamais imaginei nada disso para mim. Mas admito que estou lidando muito bem com toda a situação.

Voltei a usar meu nome de solteira, estou em uma cidade que adoro, estou junto com minha família, de quem sentia muita saudade, e reencontrei velhas amizades. Estou tirando minha licença de corretora de imóveis. Posso ouvir Joni Mitchell quando quiser. No momento, as árvores estão começando a florir de novo. Maggie acabou de aprender a sorrir.

E ela me dá a sensação de uma grande vitória. Sinceramente, o último ano inteiro foi cheio de grandes vitórias, apesar de ter começado com o que pareceu ser uma grande perda. Mas ter conhecido você — e ter passado um tempo ao seu lado — foi o que me fez começar a entender o quanto estava perdida na vida.

Eu estava precisando muito perceber que, por mais que não conseguisse engravidar, eu ainda era eu, e tinha o meu valor. E, independente do que meu marido pensasse a meu respeito, eu ainda era importante. E, apesar de minha mãe sempre me dizer que eu deveria ter me dado conta disso sozinha, agradeço demais a você por ter me ajudado a ver isso. Você me deu esperança, uma nova perspectiva, mais confiança.

E depois você me deu minha bebê.

Nós estamos bem e seguras aqui. Tenho o dinheiro do divórcio, e minha mãe e meu pai amam ser avós mais do que tudo na vida. Não precisamos de nada de você. Só quero que você saiba que estamos em Boston, se algum dia quiser nos procurar.

Margaret e eu somos unha e carne. Eu vou cuidar dela com todo o meu amor até o meu último suspiro. Ela está em muito boas mãos. Vai ser amada até a eternidade.

Sinto um amor gigantesco simplesmente por ela existir. E ainda mais por ter sido a minha libertação.

Minha vida pode não ser perfeita, mas pelo menos finalmente posso dizer que me pertence.

Obrigada, David. Por tudo.

Nós amamos você.

Com amor,
Carrie e Margaret Leah Hennessey

CONHEÇA TAMBÉM:

Carrie Soto
está de volta

Outubro de 1994

Três meses e meio antes de Melbourne

Acordo às sete e quinze. Bebo uma vitamina de mirtilo e como amêndoas cruas e sem sal no café da manhã. Visto minha calça de moletom e uma camiseta. Coloco uma faixa na cabeça.

Às oito em ponto, meia década depois da aposentadoria — e quinze anos depois de ser treinada pela última vez pelo meu pai —, vou para a minha quadra de tênis, pronta para o treino.

O sol brilha forte sobre as montanhas, e o céu está totalmente limpo, a não ser pelas palmeiras de quinze metros de altura que cercam o perímetro do meu quintal. É silencioso aqui, apesar de o tráfego frenético de veículos de LA estar logo ali, do outro lado do portão de entrada.

Não me interessa o resto da cidade. Estou concentrada *nesta* quadra, *neste* chão sob os meus pés. Eu vou preservar o meu recorde. Vou derrubar Nicki Chan.

"Podemos começar", diz o meu pai. Está de camisa polo e calça chino. Olhando para ele, percebo que está muito mais grisalho do que da última vez em que estivemos em quadra juntos, e mais magro também. Mas sua postura e conduta são as mesmas de quando eu era criança.

"Estou pronta", respondo. Ele não consegue conter o sorriso.

"Tem três coisas que eu quero avaliar hoje", ele diz.

Eu me agacho e encosto nas pontas dos pés, alongando as pernas. "Primeiro, o meu saque", digo, me sentando e segurando meu pé direito com as duas mãos, e depois o esquerdo.

Meu pai balança a cabeça. "Não, *eu* vou falar o que quero ver, não precisa tentar adivinhar. Não é um questionário."

Fico de pé, estranhando aquele tom de voz. "Tá."

Ele se senta no banco junto à quadra, e eu ponho o pé ao seu lado para continuar o alongamento.

Meu pai começa a citar sua lista. "*Uno*", ele diz, "seu saque. Quero saber o quanto você ainda tem de poder de fogo, e de controle também."

"*Está bien.*"

"A segunda é o trabalho de pés. O que eu quero saber é: com que velocidade você consegue ir de um lado ao outro da quadra? Como está sua agilidade?"

"*Perfecto. ¿Qué más?* Preparo físico?"

Ele me ignora. "A terceira é o preparo físico."

Assinto com a cabeça.

"Seu preparo físico melhorou bastante com Lars", meu pai comenta. Faço uma careta ao ouvir o nome dele. "O que ele acrescentou ao seu treinamento para deixar você tão em forma?"

Não sei ao certo como responder, como ter aquela conversa com ele. "Além da impulsão?", eu digo, por fim.

"Não vamos forçar seu joelho com muitos saltos. Você já fez uma cirurgia de reconstrução do ligamento cruzado anterior, e se romper de novo..."

"*Bueno, papá. Basta, ya lo entendí.*"

"Então, o que mais ele acrescentou à sua rotina?" Ele me encara e não desvia o olhar. "*Contame.*"

"Treino de condicionamento", respondo. "Eu já corria, mas ele acrescentou ginástica aeróbica, calistenia, musculação."

Ele balança a cabeça e revira os olhos. "Você treina para jogar tênis com coisas que não têm nada a ver com tênis. Genial."

"Foi você que perguntou. E deu certo."

Meu pai assente. "*Bien, bien, bien.*"

Ficamos em silêncio por um momento. Escuto o jardineiro ligar o cortador de grama na casa ao lado. "Então... vai querer fazer isso ou...?"

Meu pai balança a cabeça. "*Sí, estoy pensando.*"

Fico aguardando enquanto ele reflete. Começo a alongar o pescoço.

"Nicki vai achar que a melhor estratégia é cansar você", meu pai comenta.

"Todo mundo que jogar comigo vai achar isso. Tenho trinta e sete anos. Vamos cansar a velhinha."

Meu pai dá risada. "Você não faz ideia de como é ser velho."

"Em termos gerais, é claro que não, pai", respondo. "Mas, no tênis..."

Ele assente. "Então o mais importante agora é melhorar sua resistência física."

"Sim, concordo."

"Então vamos começar com uma corrida de quinze quilômetros todos os dias."

Já faz alguns anos que eu não corro quinze quilômetros, mas tudo bem. "E depois disso vamos começar a trabalhar com bola?"

Ele faz que não com a cabeça. "Depois disso vamos fazer agachamentos e sprints, além de pular corda para melhorar o trabalho de pés. Imagino que era isso o que você mais fazia com Lars, não? E então você vai nadar, para fortalecer os músculos, mas sem impacto. Aí você almoça e, só à tarde, começa a trabalhar com bola."

"Assim eu vou morrer", comento.

"Não reclame."

"Sem chance que vou fazer um triatlo completo todo dia sem reclamar", retruco.

Meu pai abre a boca para responder, mas eu o interrompo. "Eu não sou mais criança. Às vezes vou querer dar minha opinião também. Às vezes, enquanto estiver correndo quinze quilômetros, vou reclamar. Mas vou fazer o que você mandar, e você vai me manter na linha, e quem sabe em breve nós podemos ganhar mais um Grand Slam. *¿Está bien?*"

Ele me encara, impassível por alguns momentos. Então abre um sorriso e estende a mão. "*Perfecto.*" Então, por sete dias seguidos, calço meus tênis de corrida e mando ver.

Corro o mais rápido que posso, enquanto meu pai me acompanha com um carrinho de golfe, gritando: "*¡Más rápido! ¡Más rápido!*".

Meus pés nunca param de se movimentar. Ele grita: "Se você não estiver na ponta dos cascos, vai ficar para trás!".

"*Sí*", respondo todas as vezes. "*Lo sé.*"

"*¡Vamos, más rápido!*", ele grita sempre que percebe que estou diminuindo o ritmo. "Não estamos aqui fazendo cooper. Estamos correndo para ganhar um torneio!"

Tento dar uma resposta de tempos em tempos, na língua que me vier à mente primeiro. Mas, ao final de quinze quilômetros, paro de gastar meu fôlego à toa.

As corridas são administráveis. É depois disso, quando estou pulando corda e ele fica ao meu lado gritando coisas como "*¡Más rápido!*" e "*¡No pares!*" que sinto vontade de gritar.

Mas, em vez disso, eu me concentro na queimação nas panturrilhas e nos braços.

E depois vem a natação. Chegadas e mais chegadas na piscina. Os meus braços e ombros vão ficando mais lentos por causa do cansaço, mas meu pai está lá na beira, gritando *"Usa esos brazos"*, como se ele fosse um sargento e eu estivesse em treinamento militar.

Todos os dias, saio da piscina com os braços dormentes e as pernas bambas. Sou como uma bezerrinha recém-nascida, incapaz de manter o equilíbrio.

No sétimo dia, depois da última chegada, mal tenho forças para subir a escada e sair da piscina. Tudo dói — meus músculos das coxas estão doloridos, meus ombros e meus bíceps ardem muito. Não consigo melhorar meus tempos.

Eu me deito no deque, e meu pai chega com uma toalha. Ele se senta ao meu lado.

Olho para ele. Sei que vai franzir a testa antes mesmo de ele fazer o movimento.

"Está muito ruim?", pergunto.

Meu pai inclina a cabeça para o lado. "Sua corrida está um pouco lenta. Seus fundamentos precisam de polimento. E seu nado..." Ele respira fundo. *"Mirá,* levando em conta sua idade e o tempo que ficou fora das quadras, é bem impressionante. Mas não é suficiente para ganhar um Grand Slam, *cariño*."

"*Sí, lo sé.*" Enxugo o rosto e me sento no deque. Chacoalho a cabeça e olho para o céu. Está bem límpido e azul, sem nenhuma nuvem, nenhuma obstrução.

Isso tudo é uma puta de uma palhaçada. Sair da aposentadoria depois de tantos anos? E ainda achar que vou ganhar um Grand Slam? Eu estou maluca?

"Acho que você está no caminho certo", ele comenta.

Eu me viro para olhá-lo.

"Você é a pessoa mais esforçada que eu já vi na vida", meu pai diz. "Se decidir se dedicar cem por cento a isso, vai conseguir."

Assinto com a cabeça, incomodada por ele mencionar primeiro o *esforço*, e não o *talento*. "Obrigada."

Ele bate o ombro no meu e sorri. "Só estou dizendo que, apesar de ainda ter muito chão pela frente, acredito que você possa ser a melhor do mundo de novo. Estou confiante."

Começo a cutucar as unhas da minha mão esquerda. "Ah, é?", pergunto. "Tem certeza?"

"Absoluta. Mas escute só, *hija*", meu pai diz, colocando o braço ao redor dos meus ombros e me abraçando. "Não faz diferença se eu estou confiante."

"Na verdade, faz, sim", respondo, com uma irritação na voz que pega nós dois de surpresa.

Meu pai balança a cabeça, mas não diz mais nada. Assim como eu, não está interessado em desencavar coisas que estão enterradas há muito tempo.

"Foi a sua confiança em si mesma que te levou ao topo da primeira vez. E você pode fazer isso acontecer de novo", meu pai diz, por fim.

Eu sei que ele tem razão. Durante décadas, meu talento e minha motivação se mostraram devastadores para todo mundo que cruzou meu caminho. Se cada um de nós é abençoado com um dom, o meu é a determinação.

"*Você* acha que consegue ser melhor que ela?", meu pai pergunta.

Minha resposta vem em um piscar de olhos. "Acho."

"E vai saber lidar com a decepção se não conseguir?"

Essa resposta exige mais tempo de reflexão. "Não."

Ele fecha os olhos e balança a cabeça. "Muito bem", meu pai diz com um suspiro. "Então não há tempo a perder."

Estou sentada em uma poltrona no escritório da minha agente, perto das janelas que vão do chão ao teto. Já faz sete anos que trabalho com Gwen.

Assinei com ela depois de passar por duas agências comandadas por homens que só sabiam me dizer para "ser sensata" quando eu já estava fazendo justamente isso. Marquei reuniões com todos os agentes da cidade, até que encontrei Gwen Davis, uma mulher negra nascida e criada em Los Angeles que havia trabalhado em uma agência gigante do setor de entretenimento antes de mudar de ramo para montar sua própria empresa e começar a representar atletas.

"Se precisar, pode me mandar para a puta que pariu", ela falou naquela primeira reunião. "E, se eu achar que preciso, vou fazer a mesma coisa. Nossa relação precisa ser de sinceridade absoluta. Não vou ser sua puxa-saco. Não vou desperdiçar seu tempo nem o meu com isso."

Assinei com ela na mesma hora.

Hoje, no escritório dela, olho pela janela e vejo Beverly Hills — as palmeiras, as ruas largas e as casas enormes. Daqui, consigo ver a coroa dourada no alto do prédio da prefeitura.

Me viro para Gwen, que está sentada em um sofá ao meu lado. Tem cinquenta e tantos anos e está usando um terninho vermelho e sapato de saltos baixos. Às vezes me pergunto se ela não está no lugar errado — é uma mulher impressionante e glamourosa demais para atuar só nos bastidores.

A assistente dela, Ali, entra na sala em seguida. Seu cabelo preto e comprido está preso com uma caneta em um coque que já começa a desmanchar. Está usando uma camisa de flanela, calça jeans preta e botas. O fato de Gwen não se importar com as roupas que sua assistente usa no trabalho, enquanto ela está sempre elegantíssima, me faz gostar das duas ainda mais.

"Um chazinho para você", Ali me diz, me entregando uma caneca. "E um muffin que eu sei que você não vai comer."

Eu dou risada. "Preciso voltar para a quadra ainda hoje, e nem gosto de muffins", respondo.

"Da próxima vez, vou trazer amêndoas cruas sem sal", Ali diz. Sei que ela está tirando sarro de mim, mas, sendo bem sincera, eu prefiro *mesmo* as amêndoas.

Ali entrega o café de Gwen antes de sair.

Gwen dá um gole e olha para mim. Ela levanta uma sobrancelha enquanto põe o café com cuidado sobre a mesa de centro, ao lado de um livro de fotografias com minha foto na capa. Foi lançado em 1990, e tem imagens minhas jogando em Wimbledon ao longo de quinze anos. *Soto na grama* é o título.

Ela me encara quando volta a se recostar no sofá. "Tem certeza de que quer voltar?"

"Eu não estaria aqui se não tivesse certeza."

"Isso não é brincadeira", ela acrescenta.

"E eu tenho cara de quem está brincando?"

"Enfim, os seus patrocinadores..."

"Eu sei."

"Você tem um compromisso com a nova campanha da Elite Gold no começo do ano que vem."

"Eu sei."

"E a ação comercial da edição dos campeões da Gatorade vai sair em breve, com você como destaque."

Eu assinto.

"Seus Break Points são a linha de tênis mais vendida da Adidas no momento."

Uma das coisas mais surpreendentes da minha aposentadoria foi o quanto se revelou lucrativa. Pelo jeito, quando eu saí de cena nas quadras, as pessoas esqueceram o quanto me detestavam — e eu me lembrei do quanto gostavam dos meus tênis.

"Eu sei disso também", respondo.

"Isso tudo só existe porque é uma lenda. E foi uma das *melhores atletas* do mundo."

"Sim, e vou provar que *ainda* sou."

"Mas e se..."

Dou uma boa encarada nela, desafiando-a a dizer o que acha.

Ela muda de assunto. "Em termos de faturamento, acho que seria mais rentável para você ser comentarista de tv ou dirigente da wta, em vez de jogadora. Podemos posicioná-la como uma figura de referência no mundo do tênis, uma autoridade. Assim você pode se manter ativa e relevante."

"Para começo de conversa, ninguém está interessado no que eu tenho para falar", respondo.

Gwen ergue as sobrancelhas, pensativa, mas em seguida concorda comigo.

"E, em segundo lugar, não é uma questão de grana. É uma questão de honra."

Gwen se inclina na minha direção e põe a mão no meu braço. "Preciso que você pense bem nisso, Carrie. *Honra* é uma coisa que... às vezes, é só sinônimo de *ego*. E para mim o dinheiro sempre vem antes do ego. Essa é a minha opinião pessoal."

Olho bem para ela antes de responder. "Eu agradeço o conselho, mas a decisão já está tomada."

"Só estou tentando garantir o seu futuro", Gwen me diz, recuando. Ela pega um muffin, parte um pedaço com a mão e leva à boca.

"Gwen, esse esporte é tudo o que eu sempre tive", explico.

Ela assente. "Eu sei disso."

"E agora tudo o que eu fiz está prestes a ser arrancado das minhas mãos. E não vai me restar mais nada."

"Isso não é ver..."

"É, sim", interrompo. "É a verdade. Eu não posso deixar Nicki superar esse recorde. E preciso de você ao meu lado."

Gwen dá um gole no café e volta a pôr a caneca sobre a mesa. "E você está certa de que essa é a melhor atitude a tomar?"

"É a única atitude possível. Não consigo pensar em nenhuma outra."

"Muito bem", ela responde. "Então eu estou dentro. De corpo e alma."

Percebo pelo olhar inseguro no rosto dela que Gwen está com medo de que eu acabe dando muito prejuízo para nós duas. E, apesar de sentir uma pontada de raiva por essa falta de confiança, sei que é hora de ficar quieta e não exigir mais do que posso conseguir.

"Obrigada", digo. "E se prepare para admitir que estava errada."

"Eu não vou precisar admitir nada", ela rebate. "Acredito em você de verdade. Então, qual é o plano?"

"Vou jogar os quatro Grand Slams do ano, e vou ganhar no mínimo um para retomar o meu recorde."

"Então, no primeiro ano depois de sair da aposentadoria, você tem a certeza de que vai ganhar um Grand Slam?"

"Sim, tenho", responde.

"E se Nicki ganhar outro primeiro?"

Meus ombros ficam tensos, e tento não cerrar os dentes. "Pode deixar que eu me preocupo com isso."

"Certo", ela diz. "Entendido. E você vai jogar todo o circuito da WTA?"

Faço que não com a cabeça. "Não, só quero participar de alguns torneios bem específicos. Mas não sei se a ITF ou a WTA aceitariam isso."

Gwen se levanta e aperta o botão do interfone no aparelho telefônico sobre a mesa. "Ali, você pode ligar para alguém da ITF ou da WTA e descobrir — da forma mais discreta possível, por favor — se uma jogadora como Carrie poderia entrar como wild card em todos os Grand Slams que quiser?"

"Pode deixar."

Gwen desliga o interfone. "Ok, e agora? Do que mais você precisa?"

"Uma boa parceira de treinos seria bom, se você puder conseguir uma. Não alguém só para bater bola. Tem que ser uma jogadora de alto nível. Para eu saber se estou pronta para encarar as melhores."

Gwen balança a cabeça. "Precisa ser alguém no auge da forma, para ajudar você a chegar no nível em que Nicki está."

Não me agrada ouvir essa insinuação de que estamos tão distantes. "Bom, a questão com Nicki é... mas, sim, alguém no auge da forma."

"Podemos fazer uns telefonemas", Gwen responde. "Para ver quem estaria disposta a treinar com você."

"Tá", digo. "Tudo bem. Mas não Suze Carter — eu não suporto essa garota. Nem Brenda Johns. Mas qualquer outra serve. As duas são tão... metidinhas. Que tal Ingrid Cortéz? Ela está fazendo Nicki suar para ganhar os torneios. De repente podemos trabalhar juntas por um tempo."

"Algo mais?"

"Preciso que a Wilson me mande raquetes novas. E que a Adidas mande uniformes e os novos Break Points com as cores dessa temporada. Será que eu preciso contratar uma assistente de novo? Para cuidar da questão dos voos e das hospedagens?"

"Se forem só quatro torneios, Ali pode fazer isso."

"Ok, obrigada."

"Mas você vai arrumar suas próprias malas. Não sou sua mãe."

A piadinha deixa a atmosfera carregada por um momento. Quando sua mãe está morta, isso nunca sai da sua mente — e sempre volta à tona com esse tipo de comentário. Isso acontece o tempo todo, mesmo quando a pessoa que está falando nem percebe. Mas dá para notar que Gwen sentiu que cometeu uma gafe, e me sinto grata por ela simplesmente não dizer nada e seguir em frente. Não tem nada pior do que precisar consolar outra pessoa pela morte da *minha* mãe.

"E o que mais?", Gwen quer saber.

Mas, por um breve instante, eu me pergunto o que minha mãe pensaria de mim hoje. Se teria orgulho do que estou tentando fazer. Não sei a resposta, e me dou conta de que faz muito tempo que não me pergunto isso. E que nunca soube a resposta.

Ali bate na porta e entra. "Beleza! Agora fiquei animada. Já tenho suas respostas."

"Então me diga", peço.

"Como você é uma ex-número um no ranking da WTA e já ganhou todos os Grand Slams, tem seu wild card garantido em qualquer evento da WTA ou da ITF."

"Boa!", falei. "É assim que se fala."

"Você pode escolher quais torneios quer jogar. Precisamos preencher uma papelada para isso, mas não vai ser problema nenhum encaixar você como wild card no Aberto da Austrália, daqui a três meses."

"Eu vou ser cabeça de chave?"

"Não", responde Ali. "Os pontos que você ganhou no passado não têm mais validade. Você não é ranqueada, então não pode ser cabeça de chave. Pelo menos não até começar a ganhar jogos", ela diz com um sorriso.

Eu me vejo dali a três meses, na quadra verde e dura de Melbourne, olhando para a minha adversária do outro lado da rede, seja ela quem for. Quase consigo ouvir a plateia, sentir a tensão sufocante se formando no ar.

Faz muito tempo que não jogo um torneio. E ainda mais sem ser cabeça de chave.

Isso me deixa eletrizada, como se fosse uma adolescente de novo, diante de uma montanha que preciso subir, jogo após jogo, até chegar ao topo. Faz tempo demais que não sinto a deliciosa dor da escalada.

O seguinte comunicado foi divulgado hoje por Carrie Soto por meio de sua agente, Gwen Davis.

Para divulgação imediata (11/10/1994)
CARRIE SOTO ESTÁ DE VOLTA

Vou interromper minha aposentadoria na temporada de 1995 para jogar os quatro principais torneios do circuito — o Aberto da Austrália em janeiro, Roland Garros em maio, Wimbledon em julho e o Aberto dos Estados Unidos em setembro — para retomar o recorde mundial de mais simples de torneio em Grand Slams.

Parabenizo Nicki Chan por seus feitos no tênis feminino, mas o domínio dela chegou ao fim.

Eu estou de volta.

Soto sai da aposentadoria para destronar Chan

Los Angeles Daily
12 de outubro de 1994

Grande nome do mundo do tênis feminino, Carrie Soto, 37, conhecida como "Machadinha de Guerra", anunciou sua intenção de abandonar a aposentadoria para defender seu recorde de simples de torneio em Grand Slams. A força da natureza Nicki Chan, 30, vem sendo a principal figura do tênis feminino desde 1989, quando Soto parou de jogar, com vinte títulos nos principais torneios do circuito. Chamada de "Monstra" pelos fãs de tênis, Chan igualou esse recorde no mês passado.

Soto sempre foi uma figura controversa no mundo do tênis feminino, conhecida pela língua afiada e pelas estratégias implacáveis contra as adversárias em quadra. Se a ex-campeã vencer um Grand Slam, será a mulher mais velha a conseguir um título dessa envergadura na história do tênis.

"Eu encaro a volta dela como uma boa notícia", Nicki Chan declarou ontem em uma entrevista coletiva, ao ser informada sobre a decisão. "Fui uma admiradora de Carrie Soto durante toda a minha carreira. Seria uma honra enfrentá-la de novo."

Perguntada se Carrie Soto seria capaz de vencê-la, Chan pareceu se divertir com a ideia. "Bem", ela falou. "Isso é o que nós vamos ver, não?"

Transcrição

SportsNews Network
Wild Sports com Bill Evans
12 de outubro de 1994

Bill Evans: Muito bem, temos uma bomba no mundo do tênis feminino. Jimmy, qual é a sua opinião sobre isso? Carrie Soto, a "Machadinha de Guerra", está de volta? Como encarar isso?

Jimmy Wallace, editor da *SportsSunday*: Com certeza é uma coisa inesperada.

Evans: "Inesperada" é o mínimo. Carrie Soto encerrou a carreira depois de uma queda gigantesca no ranking no final dos anos 1980.

Wallace: Sim, é verdade. Mas acho que ela diria que foi por causa do joelho, que já foi tratado.

Evans: Mas ela já está fora do circuito há — o quê? — cinco anos? Isso é muito tempo no tênis feminino.

Wallace: Com certeza. E durante esse período surgiu Nicki Chan.

Evans: E um novo tipo de tênis.

Wallace: Pois é, acho que isso também. O tênis feminino se afastou do estilo saque e voleio. Estamos vendo mais jogadoras de fundo de quadra, que se baseiam na potência dos golpes. Soto sempre foi mais uma dançarina — ágil e elegante em quadra. Chan é pura força bruta — uma boxeadora. Ela é osso duro de roer.

Evans: A Machadinha de Guerra ainda é capaz de ser competitiva no tênis atual?

Wallace: Vamos esperar para ver. Mas tem outra coisa que eu acho importante assinalar.

Evans: E o que é?

Wallace: Soto não é só uma representante de estilo de jogo ultrapassado — ela é uma jogadora envelhecida. Nenhuma mulher conseguiu vencer um Grand Slam perto dos quarenta anos.

Evans: E tem mais uma coisa: nós queremos mesmo vê-la de volta? Ela não é uma pessoa muito querida... ou é?

Wallace: Bom, o apelido de Machadinha de Guerra não é à toa.

Evans: Mas pode ser que ela chegue a Melbourne e seja despachada logo de cara. E então tome a atitude mais elegante, que é sair de cena de novo.

Wallace: Acho que isso é bem possível, Bill. O tempo vai dizer. Caso contrário, Chan vai ter que lidar com ela.

Sobre a autora

TAYLOR JENKINS REID é autora de *Os sete maridos de Evelyn Hugo*, *Daisy Jones & The Six*, *Amor(es) verdadeiro(s)*, *Depois do sim*, *Em outra vida, talvez?*, *Para sempre interrompido* e *Malibu renasce*, entre outros, alguns dos quais tiveram seus direitos de adaptação para TV e cinema adquiridos.

Ela mora em Los Angeles com o marido, a filha e um cachorro, mas pode ser facilmente encontrada em seu Instagram @tjenkinsreid.

TIPOGRAFIA Adriane por Marconi Lima
DIAGRAMAÇÃO Vanessa Lima
PAPEL Pólen Bold, Suzano S.A.
IMPRESSÃO Geográfica, setembro de 2023

A marca fsc© é a garantia de que a madeira utilizada na fabricação do papel deste livro provém de florestas que foram gerenciadas de maneira ambientalmente correta, socialmente justa e economicamente viável, além de outras fontes de origem controlada.